L. SACHOIX & J. des VERRIÈRES

Cyrano-Guignol

Drame héroïque en CINQ Actes en vers

NOUVELLE ÉDITION

PRIX NET : 2 FR.

Majoration temporaire 50 p%

A SAINTE-CÉCILE

E. GLOPPE, Éditeur

30ᵇⁱˢ, Place Bellecour ★ **LYON**

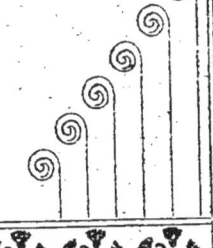

L. SACHOIX & J. des VERRIÈRES

CYRANO-GUIGNOL

Drame héroïque en CINQ Actes en vers

NOUVELLE ÉDITION

A SAINTE-CÉCILE

E. GLOPPE, Editeur

30bis, Place Bellecour ★ LYON ★ Place Bellecour, 30bis

CYRANO-GUIGNOL

PERSONNAGES :

CYRANO-GUIGNOL de Bergeraque.
RAGUENEAU-GNAFRON.
Le Comte de la MICHE.
CHRISTIAN de la VILLETTE.
Le Vicomte de TERRENFRICH.
LE BRET.
Les CADETS Croix-Roussiens.
MONTFLEURY.
ROXANE.
LA DUÈGNE.
Une PENSIONNAIRE.
Une autre PENSIONNAIRE.

Les 1er, 2me, 3me et 5me Actes, à Lyon

Le 4me, près d'Arrasse.

DE NOS JOURS

N.-B. — Cette pièce a pu être jouée par quatre acteurs, selon la combinaison suivante :

1er Artiste : *Guignol, Christian, Montfleury, La Duègne.*

2me — *Ragueneau, Le Comte de la Miche.*

3me — *Roxane, Le Vicomte de Terrenfrich, Un Cadet, Une Pensionnaire.*

4me — *Le Bret, Un autre Cadet, Une autre Pensionnaire.*

Cyrano-Guignol

ACTE PREMIER
Une Représentation au "Théâtre de la Gaieté"

*La scène représente la salle du " Théâtre de la Gaieté", l'Hôtel de Bourgogne
Croix-Roussien, situé rue Diderot, et tenu autrefois par le célèbre père Coquillat.
On aperçoit les galeries du théâtre. Au fond, un rideau qui ferme la scène.
Portes à droite et à gauche.*

SCÈNE PREMIÈRE
LES CADETS, LE BRET, CHRISTIAN, LA MICHE, TERRENFRICH

UN CADET, *entrant*

Bonjour!.. *(il regarde)* Personne?.. Tiens! C'est extraordinaire!
J'arrive ici tout seul à l'heure militaire!
— Attendons! *(Entrent Christian et un autre cadet)*
      Ah! bonjour !

LE SECOND CADET, *au premier*
      Tiens! tu viens donc?

PREMIER CADET
                  Un peu!

— Quel est donc ce blanc-bec qui te suit?

SECOND CADET
                  C'est un bleu!

PREMIER CADET
Un bleu ?

SECOND CADET
    .... Qui vient de s'engager, cette semaine,
Aux Cadets Croix-Roussiens !.. Tu comprends, je l'amène:
C'est lui qui paye !

PREMIER CADET

Ah ! ah !.. *(à Christian)* Bonjour ! *(au Cadet)*
[Quel est son nom ?

SECOND CADET

Christian, de la Villette.

PREMIER CADET

Hein ?.. La Villette ?.. Bon ?...
Il n'est pas Croix-Roussien, alors !

SECOND CADET

Non.

PREMIER CADET

Et, sans l'être,
Par faveur il a pu pourtant se faire admettre
Dans notre Régiment des Cadets du Plateau,
De tous les Régiments de France le plus beau !.
Çà, c'est fort !..

(Entrent La Miche et Terrenfrich)

SECOND CADET

Tiens !.. voilà du monde !..

TERRENFRICH, *à La Miche*

.... Cette panne
Se trouvant réparée ainsi....

CHRISTIAN, *seul, dans un coin, à gauche*

J'attends Roxane :
Viendra-t-elle ?..

UNE VOIX, *au dehors*

Programme, avec le Passe-temps !..
Qui qui n'en veut ? Messieurs, Mesdames !...

CHRISTIAN, *songeur*

... Je l'attends !..

TERRENFRICH, *continuant, à La Miche*

... Et je partis alors d'une course effrénée....

PREMIER CADET, *à l'autre*

Et Guignol ?

SECOND CADET

Je ne l'ai pas vu de la journée...

PREMIER CADET

Viendra-t-il à l'Hôtel de la Gaieté, ce soir ?

SECOND CADET

Ma foi, je ne sais pas !..

PREMIER CADET

Tu devrais bien savoir !

SECOND CADET

Pourquoi ?

LA MICHE, *appelant le Bret, qui vient d'entrer*

Monsieur !...

LE BRET

Monsieur ?...

LA MICHE

Ne pourriez-vous me dire
Quel est ce vieux, dehors...

LA MÊME VOIX

Voilà !... qui qu'en désire ?...

LA MICHE, *continuant*

... qui vend le Passe-temps, le Programme, là-bas ?

LE BRET

C'est Ragueneau-Gnafron... Vous ne connaissez pas ?...
Un ancien savetier qui n'a pas fait fortune,
Et qui, las de percer tant de trous dans la lune,
S'est fait — oui ! — pâtissier, rôtisseur, camelot !...

LA VOIX

Demandez le Programme ! Il est très rigolo !...

LA MICHE, *se tournant vers Terrenfrich*

A propos, je vais vous apprendre une nouvelle :
J'ai reçu, ce matin, la promesse formelle
D'être nommé bientôt...

TERRENFRICH

Vous le méritez bien !

LA MICHE

... Colonel des Cadets du Plateau Croix-Roussien !

TERRENFRICH

Ce fameux régiment ?...

LA MICHE

Celui-là même !

TERRENFRICH

Peste !...

LA MICHE, *l'entraînant un peu vers la gauche*

Et maintenant, mon cher, causons un peu... du reste !
Avez-vous vu Roxane ?...

CHRISTIAN, *qui a entendu*

Hein ?... que dit-il ?...

TERRENFRICH

Mais... non...
Ou plutôt... si !... Je vous... Elle a ... Mais à quoi bon
Vous mentir ?... Pauvre ami ! Ce n'est pas vous qu'elle aime !

LA MICHE, *avec colère*

Mais qui donc aime-t-elle ?...

CHRISTIAN, *à part*

Ah ! peut-être moi-même !...

SCÈNE II

LES MÊMES, GNAFRON

GNAFRON, *dans la coulisse*

Cacaouettes ! Voilà ! Mandarines ! Citrons !

Olives ! Berlingots !
(*Il entre : il est habillé en pâtissier : il porte, suspendu à
son cou, un petit panier contenant sa marchandise*).

LE BRET, *à La Miche*

Tenez, c'est lui : Gnafron !

SECOND CADET

L'ami de Cyrano !

GNAFRON, *parcourant la salle*

Pastèques ! Mandarines !
Voilà, Monsieur ! — Ça va ! J'ai gagné deux chopines !

LA MICHE, *faisant un signe*

Le programme !

GNAFRON, *accourant*

Voilà ! (*la Miche paye*) Hein ? Cent sous ! Un écu ?
Depuis six ans au moins, j'en avais jamais vu
Mais j'ai pas de monnaie pour changer cette pièce....

LA MICHE

C'est bon ! Gardez tout.

GNAFRON, *estomaqué*

Tout ? Oh ! ce gone, qui est-ce ?

TERRENFRICH

Que va-t-on nous jouer ?

LA MICHE, *regardant le programme*

« Rêve et Déception »
Drame nouveau, par O. Gagneur et Jacquillon.
(il regarde de nouveau).
Tiens ! Nous allons avoir Montfleury.

TERRENFRICH

Quelle aubaine !
Je ne l'ai pas encore entendu sur la scène.

PREMIER CADET

Ben, ce n'est pas encor pour aujourd'hui.

TERRENFRICH

Pourquoi ?

SECOND CADET

Pourquoi ?.. — Vous n'êtes pas Croix-Roussien ?

TERRENFRICH

Non, ma foi.

PREMIER CADET

Autrement vous sauriez que Cyrano, brave homme,
Si Montfleury ce soir paraît ici, l'assomme.
Défense de jouer ailleurs qu'au Casino,
Pour Montfleury ! — Voilà.

TERRENFRICH

Quel est ce Cyrano ?

LE BRET

C'est Cyrano-Guignol, le héros de la troupe,
Qui n'a pas son pareil pour tremper une soupe,
Casser une figure ou vider un flacon,
Pour composer des vers et jouer du bâton,
Pour conter une histoire amusante et jolie,
Faire rire ou pleurer toute une compagnie !
Et pour tout dire enfin, Cyrano, c'est, Messieurs,
Le plus fameux « Cadet » qui vive sous les cieux !

PREMIER CADET

Et comme Montfleury doit paraître, on peut croire
Que Cyrano sera ce soir dans l'auditoire.

LA MICHE

Je serais curieux de voir l'individu.

LE BRET

Non.. Il ne viendra pas : il m'aurait prévenu.

GNAFRON

Mandarines ! Citrons ! — Du moment que le gone
Défend que Montfleury nous rase et nous savonne,
Et puisque Montfleury veut quand même, ce soir,
Nous servir de savon, de pâte et de rasoir,
Guignol viendra, c'est sûr ! — Je parie trois chopines !
— Oranges ! Passe-temps ! Grenades ! Mandarines !

LE BRET

J'ose espérer qu'il n'est encor pas assez fou.

SECOND CADET, *regardant vers les galeries*

Le public est nombreux.

PREMIER CADET

Des dames...

SECOND CADET

Oui, beaucoup.

LA MICHE, *bas*

Roxane est-elle ici ?

TERRENFRICH

Oui, dans la galerie.

CHRISTIAN, *qui a entendu*

Tâchons de la rejoindre ! *(il sort)*

TERRENFRICH, *à La Miche*

Avez-vous, je vous prie,
Des nouvelles d'Arrasse et du siège.

LA MICHE

Mais oui !

L'assiégé se défend. L'effort est inouï.
Des troupes vont bientôt partir à la rescousse,
Et les Cadets, je crois.....

TERRENFRICH

Vraiment ?.. De la Croix-Rousse ?

LA MICHE

Oui. Sitôt colonel, je pars avec ces fous.
Nous verrons si la ville, alors....
    (*On entend frapper plusieurs coups, puis trois coups bien espacés*).

TERRENFRICH

Ah ! les trois coups !
    (*Le rideau se lève.* MONTFLEURY *paraît. Tout l'auditoire est attentif*).

SCÈNE III

LES MÊMES, MONTFLEURY, puis GUIGNOL

MONTFLEURY, *sur un ton finissant en fausset*

Lorsque l'aurore rose avec ses pieds humi... des,
Paraît sur la montagne et sur les champs ari... des,
Sur le monument Carnot et sur les Pyrami... des,
Et que...

GUIGNOL, *surgissant*

Coquin !... Pendard !... Gribouillon, et panosse !
Te l'avais-je pas dit ?... Tu vas être à la noce !...
Tu mérites déjà trente coups de bâton
Pour réciter des vers ailleurs qu'à Charenton ;
Mais pour te rafraîchir un peu mieux la mémoire
J'en ferai bien tomber soixante sur ta poire !...
Allons... mon pauvre vieux, nous t'avons assez vu,
Sauve-toi, je te dis !... Sauve-toi, entends-tu ?...

LA MICHE

Tiens ! il est curieux !

TERRENFRICH

Permettez !... S'il vous gène
De voir ce comédien illustre sur la scène,
Vous n'avez qu'à sortir et nous laisser la paix.
Allez, continuez, Montfleury.

MONTFLEURY, *tremblant*

Je... ne sais...
Plus... où j'en suis... Messieurs...
        (*il reprend*) « Lorsque...

GUIGNOL

Hein ? Tu recommences ?

Tu te crois du talent avec de l'élégance ?...
Elégant !.. Ah ! Messieurs ! mais ne prendrait-on pas
Cette tête, ce ventre, et ces deux échalas,
(Avec leur voix de ventriloque qui bafouille)
Pour une poire en fleur naissant d'une citrouille ?...

TERRENFRICH

Ah ! Assez ! Cyrano ! A la porte !

VOIX

Oui, assez !
A la porte ! A la porte !

GUIGNOL

Allez donc ! Avancez !
Venez-y donc, Messieurs, me passer à la porte !
Où sont-ils ces malins qui braillent de la sorte ?
Essayez donc ! J'attends ! Ne viendra-t-il donc pas,
Celui qui criait là, tout à l'heure, à deux pas ?..
Craint-il donc, sans le voir, déjà, mon cimeterre ?
Allons, beaux spadassins et braves mousquetaires,
Vous avez donc le cœur fabriqué de saindoux ?
Je vous provoque tous ! ne soyez pas jaloux !

TERRENFRICH, *au public*

Comment ! vous tolérez cette forfanterie?
Vous ne vous battez pas ?..

SECOND CADET

Après vous, je vous prie !

LA SALLE

Ah ! Ah ! Bravo !

MONTFLEURY

Pro... pro... protégez-moi, Messieurs !
« *Lorsque l'aurore rose avec ses pieds humi... des...*

GNAFRON

Comment ? Il recommence ? Il n'a pas froid aux yeux !

MONTFLEURY

Lorsque l'aurore rose avec ses pieds humi .. des...

GNAFRON *en accompagnement*

...mi...des !..

GUIGNOL, *joignant le geste à la parole*

Je m'en vais, vieille courge, avec cette tavelle,
Frapper trois coups : sois prévenu, Jean de Nivelle !
— Le premier, le voici ! — Oui, je te préviens donc
Que si tu ne sors pas à l'instant... — le second ! —
Si tu ne quittes pas les lieux à l'instant même,
C'est sur le cotivet que tu prends le troisième.

(Montfleury recule)

TERRENFRICH

Ne craignez rien : nous vous défendrons, cette fois !..

MONTFLEURY

Lorsque l'aurore rose...

GUIGNOL

Un !

MONTFLEURY

...avec...

GUIGNOL

Deux !

MONTFLEURY

...ses...

GUIGNOL

Trois !
(Il frappe Montfleury et le jette hors de la scène)

SCENE IV

Les MÊMES, moins MONTFLEURY

TERRENFRICH

C'est révoltant ! Alors, on ne peut rien lui dire ?

PREMIER CADET

Oh si ! Mais la réponse est très rapide à cuire.

TERRENFRICH

Peuh !

SECOND CADET

Ne lui parlez pas, tout au moins, de son nez.

TERRENFRICH

Il n'en a pas.

PREMIER CADET

C'est bien pour ça, vous comprenez !
Quiconque en parle touche à son heure suprême.

TERRENFRICH

Eh bien, j'en parlerai.

TOUS

Vous ? Allez donc ?

TERRENFRICH

Moi-même :
Ecoutez.
(à Guignol) Monsieur... *(Guignol se retourne)*
Heu !... Vous, avez... Non, tu as...
Un nez... *(Guignol lui tourne le dos).*
Ou plutôt non... Non, vous n'en avez pas.
(il rit. — Un silence)

GUIGNOL

Voilà ce qu'un marquis peut trouver à me dire !..
« Vous n'avez pas de nez ! » C'est à pouffer de rire...
Tu dois, mon pauvre vieux, arriver du Tonkin,
C'est pour çà que ta chine est restée en chemin !..
Voilà tout ton esprit et toute ta cervelle ?
Vrai ! ce n'est pas beaucoup !. Mais, vois-tu, ma tavelle
Est moins bête vraiment que tes pieds... Et tes pieds,
Comparés avec toi, sont encor très calés !...
Allons, pour te montrer que j'ai pas de rancune,
Je m'en vais te donner une leçon — rien qu'une ! —
Puis avec mon bâton je vais t'expédier,
Pour mieux t'aider ensuite à ne pas l'oublier.
(Tous se rapprochent)

GNAFRON

Mandarines ! Citrons ! Pastilles à la menthe !..

GUIGNOL, *il annonce*

Comment on peut chiner ceux dont le nez s'absente.
— « Monsieur ! cela se voit, vous êtes de Lyon,
Vous portez les brouillard même sous votre front,
Et l'on distingue mal, dans l'ombre peu propice,
Ce qui doit vous servir de nasal appendice !.. »
Si vous étiez pédant : L'animal seul, Monsieur,
Que Buffon appela Camelo-Bardaneux
Pourrait, sans redouter trop de désavantage,
Lutter pour la plateur avec votre visage !
Gracieux : Ça doit être un bijou, votre nez,

Car ce n'est qu'aux grands jours que vous le promenez !
Inquiet : Ah ! vraiment, un terrible cyclone
A soufflé l'autre jour sur le Rhône ou la Saône,
Et votre cheminée a dû tomber à l'eau :
C'est le vent qui, sans doute, emporta les tuyaux ?
Industriel : C'est à l'usine de tissage
Que vous eutes le nez pris dans un engrenage ?
Avez-vous vu comment fonctionnait le moteur ?
Etait-il électrique, ou plutôt à vapeur ?
Empressé : Çà, Monsieur, est-ce au Palais Saint-Pierre
Que l'on peut visiter votre nez sous un verre ?
Inquisiteur : Pourquoi cette absence de pif ?
Malin : Moi, j'ai compris, vous devez être vif,
Et, lorsque vous marchez, vous avancez si vite
Que votre nez toujours est à votre poursuite.
Curieux : C'est de peur des rhumes de cerveau
Que vous portez, Monsieur, votre nez... sous la peau ?...
Etonné : Tiens ! ce pot... On a cassé son anse !...
Et somnambule enfin : Vous aurez de la chance
Car vous serez parmi ces hommes fortunés
Que l'on ne mène pas par le bout de leur nez !

TOUS

Ah ! bravo !

GNAFRON

Ça, mon vieux, c'est à la Lyonnaise !
Nous sommes tous pareils, du Grand-Trou jusqu'à Vaise,
De la Guille à Saint-Just, de Cuire à la Sarra,
Si tu cherches, mon vieux, c'est sûr, tu trouveras !

GUIGNOL

Voilà, Monsieur, voilà ce que vous deviez dire
Si vous aviez voulu provoquer notre rire !...
Et maintenant que j'ai terminé ma leçon,
Veuillez prendre, marquis, veuillez prendre un bâton...
Messieurs, vous, les cadets, et vous, les mousquetaires,
Vous nous embarrassez en restant au parterre,
Montez au poulailler, vous nous verrez bien mieux...
Allez... allez... allez... (*il les pousse, et, quand ils sont tous sortis, il se retourne vers Terrenfrich*).
Je suis à vous, Monsieur !...

SCÈNE V

TERRENFRICH, GUIGNOL, GNAFRON

TERRENFRICH, *armé d'un bâton*

Ah ! me battre avec un cadet de la Croix-Rousse !..

GUIGNOL

Un cadet.. oui, marquis !... Aurais-tu donc la frousse ?...

TERRENFRICH, *rageur*

Avec un... un canut !...

GUIGNOL

Canut, parfaitement !

TERRENFRICH

Un poète !...

GUIGNOL

Mais oui, poète !.. et tellement
Que je vais, tout en vous mettant en marmelade,
Vous composer une ballade...

TERRENFRICH

Une ballade ?...

GUIGNOL

Vous ne vous doutez pas de ce que c'est, je crois ?...
La ballade, Monsieur, se compose de trois
.Couplets de huit vers...

TERRENFRICH

Oh !...

GUIGNOL

... et d'un envoi de quatre !
Je vais tout à la fois en faire une, et vous battre.
— Allons, tenez un peu plus droit votre bâton !...
(il réfléchit un instant, puis annonce)
Ballade du duel qu'un gon' du Gourguillon
Et de la Grande-Côte eut avec un apache.

TERRENFRICH

Qu'est-ce que c'est que ça ?...

GUIGNOL

C'est le titre, ganache.

(ils commencent à croiser... le bois)

> *J'ai saisi ma bonne tavelle,*
> *J'ai saisi mon joli bâton :*
> *Regarde-la, mon vieux, c'est celle*
> *Que connaît tout le Gourguillon !*
> *Tiens bien la tienne, et tiens-toi bon,*
> *N'aie pas l'air d'un âne qui grogne !*
> *Je te préviens, mon vieux colon,*
> *Qu'à la fin de l'envoi... je cogne !*
>
> *Des bâtons jaillit l'étincelle...*
> *Tiens ? tu jaunis comme un citron :*
> *Tu m'as fait monter à l'échelle,*
> *C'est trop tard pour dire pardon !*
> *Où vais-je t'aplatir, dindon,*
> *Sur le dos, ou bien sur la trogne ?...*
> *Veux-tu que ce soit au bedon*
> *Qu'à la fin de l'envoi, je cogne ?*
>
> *Elle aura besoin, ta cervelle,*
> *D'une forte réparation :*
> *On y mettra de la ficelle,*
> *Du fil de fer, et du goudron...*
> *Pourquoi zigzagues-tu, capon,*
> *Comme ferait un vieil ivrogne ?....*
> *Non, mais vraiment... craindrais-tu donc*
> *Qu'à la fin de l'envoi... je cogne ?*

ENVOI

> *Regarde bien, mon vieux Gnafron...*
> *J'avance... Il recule...*

GNAFRON

Ah ! ch... ogne !

GUIGNOL

> *Je le rattrape.... eh ! attention !*
> *A la fin de l'envoi, je cogne !*

(Terrenfrich succombe)

TOUS LES CADETS, *rentrant en désordre*

Ah ! vive Cyrano !

PREMIER CADET

Il faut aller tout droit
Dans tous les cabarets célébrer cet exploit.

TOUS

Allons-y !.. *(ils sortent, excepté Le Bret)*

GNAFRON

Moi aussi, vrai, je vous ferlicite...
Ça, c'est tapé !. Ce gone, il a ce qu'il mérite...
Pour ça, Monsieur... Edmond, moi je suis bien content !..
(il insiste)
Monsieur... Edmond !

LE BRET, *surpris*

Edmond ?

GNAFRON

Mais oui, puisqu'il ross'tant !
Adieu ! — Macaronis ! Programmes ! Cacaouettes !
Voulez-vous des z-homards..? — Allons bon ! je suis bête !
L'espectacle est fini ! Je m'en vas...
(Au moment de sortir, il aperçoit Terrenfrich étendu sur la bande. Il s'arrête, le regarde).
Dis ?.. tu viens ?
Où donc ? Ben ! A la Morgue ! Elle est pas pour les chiens !
(il saisit Terrenfrich, le charge sur son épaule. et sort)

SCÈNE VI

GUIGNOL, LE BRET

LE BRET

Allons.. Ça n'est pas mal... Ça fait le quinzième homme
Que depuis ces huit jours ta trique nous assomme...

GUIGNOL

Quinze ?. Pas plus ?. Eh bien, ça m'en fait deux par jour !..

LE BRET

Oui ; mais ça te pourrait jouer un mauvais tour.

GUIGNOL

Bah ?..

LE BRET

Tu t'es fait des tas d'ennemis ; tiens: La Miche,
Montfleury, les acteurs, l'auteur, le....

GUIGNOL, *changeant de ton*

Je m'en fiche !

As-tu vu si Roxane assistait...

LE BRET

Que dis-tu ?

GUIGNOL

Réponds-moi franchement, mon ami ; l'as-tu vu ?

LE BRET

Roxane... ?

GUIGNOL

Eh bien, à toi, je puis bien te le dire,
C'est pour elle, vois-tu, que tout mon cœur soupire...
Je la vois devant moi tout le temps, tout le temps...
En mangeant du melon et des bonbons fondants,
En prenant la ficelle, en montant la Grand-Côte.....
Que veux-tu ?.. J'y peux rien.. Et ça n'est pas ma faute !

LE BRET

Tu n'as qu'à le lui dire ; et tu l'épouseras !

GUIGNOL

Regarde-moi, mon vieux... Tu ne me connais pas !
Moi, je la connais trop, cette sale binette
Que l'auteur de mes jours a collée sur ma tête...
Roxane a trop de goût et trop de nez, vois-tu,
Pour épouser jamais un nez si mal fichu !

SCÈNE VII

LES MÊMES, LA DUÈGNE.

LA DUÈGNE, *à Guignol*

Monsieur, demain matin, entre neuf et dix heures,
Pour vous entretenir de choses supérieures,
Mad'moiselle Roxane ira chez Ragueneau :
Elle voudrait parler à Monsieur Cyrano.

GUIGNOL

A moi ?...

LE BRET

Là.. tu vois bien !

LA DUÈGNE

De plus, elle désire
Vous dire sans témoins ce qu'elle doit vous dire.

GUIGNOL

C'est bon.. C'est bon...

LA DUÈGNE

Peut-elle y compter sûrement ?

GUIGNOL

Dites-lui.. Dites-lui... Dites... Certainement !

LA DUÈGNE

Fort bien.

GUIGNOL

Je vous le dis : j'en ferai mon affaire.
C'est bien tout ?...

LA DUÈGNE

C'est bien tout (*elle se dirige vers la porte*).

GUIGNOL, *perdant la tête*

... Voulez-vous prendre un verre ?

SCÈNE VIII

LE BRET, GUIGNOL, puis GNAFRON

GUIGNOL

Ah ! Le Bret ! Ce n'est plus un marquis seulement,
C'est une armée au moins qu'il me faut à présent !

GNAFRON, *il entre en courant et se cogne partout.*

Au secours ! Au voleur ! Au feu ! La Victorine !
La pompe ! Les agents ! Je meurs ! On m'assassine !...

GUIGNOL, *l'arrêtant*

Qu'y a-t-il ?

GNAFRON

Ah ? c'est vous ? C'est bien vous que je vois ?...
Des apaches m'ont fait le coup du pèr' François !
Au secours !

LE BRET

Mais voyons? les agents? la police?

GNAFRON

Ils se sauvaient, de peur qu'on ne les démolisse !
Au secours, Cyroné !

GUIGNOL

Ne crains rien, Ragueneau !
C'est moi qui t'accompagne et qui défends ta peau !

GNAFRON

Alors, avez pas peur !.. S'ils attaquent peut-être,
Je vous suivrai tout près... à moins d'un kilomètre.

GUIGNOL

Eteins les becs de gaz et ferme le compteur.
Les apaches, ce soir, vont trouver un dompteur.
   (*Gnafron sort. L'obscurité se fait. Un rayon de lune arrive
sur la scène*).

LE BRET

Tu n'as donc pas assez d'histoires ?.. Encore une !

GUIGNOL

Tais-toi, mon vieux Le Bret ! En avant ! Sous la lune !
   (*il s'arrête un instant*)

Voyez ! elle regarde au fond du firmament ;
Elle a les yeux grognons d'une belle-maman,
Et son front nuageux, et sa face bouffie...
O vieille Madelon, respectable Sophie,
Qui sembles me narguer du haut de ton dédain ;
Boule toute pareille aux boules de jardin
Qui reflètent aux yeux de baroques images ;
Ironique miroir roulant dans les nuages,
Et dont le nez, plus gros que le Mont-Ceindre, a l'air
De se moquer là-haut de mon malheureux blair ;
O lumignon fumeux, complice des apaches,
Qu'à travers tes rayons hypocrites tu caches,
Montre-leur mon chemin, guide-les si tu veux,
Sois ténèbres pour moi, sois lumière pour eux,
Je n'en aurai souci pas plus que d'une prune,...
J'ai des ailes !... Ce soir, j'assommerais la lune !
   (*Ils sortent. On entend la voix de* GNAFRON *qui répète en
s'éloignant :*)
   Lorsque l'aurore rose avec ses pieds humi... des !...

RIDEAU

ACTE SECOND

La Rôtisserie Ragueneau

***

SCÈNE PREMIÈRE

GNAFRON, *seul*

Mon pauvre vieux Gnafron, ta boutique était belle
 Quand tu n'étais que cordonnier;
Du matin jusqu'au soir, chantant des ritournelles,
 Tu n'avais qu'à bien travailler.
Tous les cochers d'autos te rapportaient leurs bottes,
 Tous les beaux messieurs, leurs souliers;
Mais voilà... te buvais... t'étais dans les ribottes,
 Alors vinrent les créanciers !
Alors ce fut terrible : on vendit ta boutique,
 Avec tes bottes, à l'encan...
Tu vis partir alors à l'enchère publique
 Ton pot-de-chambre et tes cur'-dents !
Ce jour-là, tu connus la guigne la plus noire,
 Hélas ! car il ne t'est resté
Que tes pieds pour partir, que ton gosier pour boire,
 Et que ton nez pour te moucher !
Mais du depuis que tu t'es mis dans les cuisines
 Pour avoir quelqu' chose à manger,
Tu restes, pauvre vieux, dans la même débine...
 Et ça n'a pas du tout changé.

Maintenant, la ressource seule qui me reste,
C'est de vivre d'expédients, chose indigeste...
Ben, sous une mauvaise étoile je suis né !
— Mais assez gérémi.
     Ce matin, Cyroné
M'a fait dire qu'il doit venir dans ma boutique,
Qu'il veut me trouver seul ! Ça, c'est assez pratique,
Je n'ai pas un client ! — Bon, le voilà ! C'est lui.

SCÈNE II

GNAFRON, GUIGNOL

GUIGNOL, *entrant*

Salut, Gnafron ; es-tu bien seul ?

GNAFRON

Mais oui ! mais oui !
Et, tenez, puisque votre visite m'honore,
Ah ! monsieur, je veux vous ferliciter encore !..
Votre duel d'hier, il était merveilleux !
« A la fin de l'envoi... »

GUIGNOL

Oh ! c'est déjà bien vieux ;
N'en parlons plus.

GNAFRON, *enthousiasmé*

Pan, pan ! Sur le dos, sur la trogne !..
Allez donc ! « A la fin de l'envoi...
(il heurte le montant du théâtre)
...je me cogne !..

GUIGNOL

Ragueneau ! donne-moi de l'encre, du papier,
Une enveloppe... avec des plumes... en acier !
(Gnafron sort.)
D'attendre ici Roxane aurai-je le courage ?...
Je vais faire une lettre au moins de quatre pages,
Ça vaudra mieux... Et puis, quand j'aurai terminé,
Gnafron se chargera...

GNAFRON, *apportant les objets*

Voilà, M'sieur Cyroné !

GUIGNOL, *continuant*

Gnafron se chargera, seul, de la lui remettre !..
— Quelle heure est-il, Gnafron ?

GNAFRON

Moins vingt, au baromètre.

GUIGNOL

J'ai bien le temps d'écrire, et plus qu'il ne m'en faut.

GNAFRON

Je vais faire un menu. (*Il s'installe de l'autre côté du théâtre. Silence. Tous deux cherchent, se cognent la tête sur la bande pour se donner des idées.*)

GUIGNOL

Quelle heure, Ragueneau ?

GNAFRON

Moins quart !

GUIGNOL

Ah ! que faut-il qu'à Roxane je dise ?

GNAFRON, *écrivant*

Bécasse.

GUIGNOL, *écrivant à son tour*

« Je vous aime, en votre robe grise,
O belle Roxelane, et sous votre chapeau
Décoré gentiment de trois plumes d'oiseau,
Embaumé de cinq fleurs, orné de quatre boules,
Et dès que je vous vois, je veux vous dire...

GNAFRON

Moules.

GUIGNOL

« Hélas ! je ne vous vois pas passer bien souvent...
Lorsqu'on vous aperçoit, vous êtes constamment
Dans un fiacre-taxi qu'a des carreaux de vitres,
Et pourtant je crois voir...

GNAFRON

Une douzaine d'huîtres.

GUIGNOL

Quelle heure est-il, Gnafron ?

GNAFRON

A présent, c'est moins dix.

GUIGNOL

« Puis, quand vous paraissez à nos yeux éblouis,
Quand votre pied mignon sur le chemin se pose,
On dirait un parfum qui s'avance, une rose
Qui marche en déployant ses robes de satin,
On dirait une...

GNAFRON

Courge espagnole en gratin.

GUIGNOL

« Ah ! vous me connaissez, vous savez mon histoire,
Vous savez que je fus de tout temps...

GNAFRON

Une poire.

GUIGNOL

« Recevez le désir qu'ici j'ai gribouillé...
C'est tout... Je vais finir. Ça m'a bien dégonflé !

GNAFRON

Pet-de-nonne.

GUIGNOL

« Gnafron vous donnera ma lettre ;
Je n'oserais jamais moi-même la remettre...
Adieu, Roxane... Avant de signer, trouvez bon
Que je vous dise encor que je suis...

GNAFRON

Un melon.

GUIGNOL

Gnafron, dis-moi quelle heure indique ta pendule ?

GNAFRON

Elle marque moins cinq.

GUIGNOL, *écrivant l'adresse*

Roxane... point virgule.
(Il s'arrête, réfléchit.)
Non !.. Je reste, tant pis !.. — Quelle heure, Ragueneau ?

GNAFRON

Moins deux, M'sieur Cyroné.

GUIGNOL, *le poussant*

Bon. Va voir tes fourneaux.
Laisse-moi seul.

GNAFRON

Hein ?

GUIGNOL

Seul !

GNAFRON

Mais...

GUIGNOL

Je te le répète :
Je veux la solitude, ici, la plus complète !

GNAFRON

Ben, c'est bon... Je m'en vas !

GUIGNOL

Allons, dépêche-toi !
(Gnafron sort à demi.)
Roxane va venir, je suis tout plein d'émoi...

GNAFRON, *revenant*

C'est bon... Je pars !

GUIGNOL

Comment ! Voudrais-tu que je t'aide ?
Tâche donc de filer comme un vélocipède...
Va-t-en !.. *(Gnafron sort.)*
Ce rendez-vous, c'est, je n'en doute pas,
Pour m'apprendre...

GNAFRON, *reparaissant*

Monsieur Cyroné, je m'en vas !.

GUIGNOL, *menaçant*

Toi ! si tu ne veux pas connaître ma tavelle,
Tu vas rester là-bas jusqu'à ce qu'on t'appelle !
(Gnafron disparaît.)
Bon ! Je vois sa duègne enfin qui vient ici...
Elle approche... elle arrive... elle ouvre... la voici !
Ah ! je suis tout ému, j'en ai la chair de poule ;
Pour sûr, je vais rester muet comme une moule !

SCÈNE III

GUIGNOL, LA DUÈGNE

LA DUÈGNE

Je viens voir si Monsieur Guignol est bien ici.

GUIGNOL

Oui, j'y suis... Et Roxane ? Elle ne vient pas ?

LA DUÈGNE

Si.
Elle arrive dans un instant.
(Gnafron apparaît. La Duègne pousse un cri.)
Oh ! le bel homme !

GUIGNOL

Encore ce Gnafron ! Faut-il que je l'assomme !

LA DUÈGNE

Comme il est bien ! Et moi qui cherchais un époux !
Mais peut-être, déjà... — Monsieur !

GNAFRON

Hein ?

LA DUÈGNE, *hésitante*

Etes-vous...
— A cette humble question veuillez prêter l'oreille —
Etes-vous marié ?

GNAFRON

Vous la voyez, la vieille !
Elle perd pas son temps, au moins ! Elle a pas peur !
La voilà qu'a jeté les yeux sur ma candeur !

LA DUÈGNE, *insistant*

Monsieur le Pâtissier...

GNAFRON

Oh ! la la !

LA DUÈGNE

Je vous jure...
(Guignol donne un coup de tête à Gnafron.)

GNAFRON

Bon ! Voilà Chignol qui m'abîme la figure. *(Il sort.)*

GUIGNOL, *à la Duègne*

Allez vite à présent chercher Roxane ; et puis,
Vous irez par là-bas demander si j'y suis.
(La Duègne disparaît. Un instant après, entre Roxane.)

SCENE IV

GUIGNOL, ROXANE

ROXANE

Cher Monsieur Cyrano Guignol de Bergeraque,
Vous êtes aussi fort, je crois, qu'un vrai Canaque ;
J'ai pu m'en rendre compte et m'en apercevoir
Pendant votre duel au théâtre hier soir ;
Et c'est alors, Guignol, qu'en vous voyant si brave
J'ai voulu vous conter quelque chose de grave :
Guignol, j'aime un cadet, un cadet Croix-Roussien,

Il est fort, il est brave, il est bon, il est bien...
Mais moi, qui l'aime tant, je suis toujours en peine...
Et comme il est cadet depuis une semaine...

GUIGNOL, désespéré

Depuis une semaine ! Ah !...

ROXANE

                Oui, j'ai toujours peur...
Je voudrais donc, Guignol, qu'il ait un protecteur,
Le plus fort, le plus grand, vous enfin...

GUIGNOL

                Que dit-elle ?

ROXANE

Vous serez son ami, n'est-ce pas ?...

GUIGNOL

                Il s'appelle ?

ROXANE

Christian, de la Villette.

GUIGNOL

                Il n'est pas Croix-Roussien !...
Bon... Je le défendrai... Comptez sur moi... C'est bien.

ROXANE

Oui, oui, car il est jeune et sans expérience...
Ah ! soyez assuré de ma reconnaissance !...
(Guignol s'incline ; Roxane sort.)

SCÈNE V

GUIGNOL, puis GNAFRON

GUIGNOL, seul

De la reconnaissance ! Et je me figurais
Qu'elle m'avait aimé pour mes nombreux attraits,
Pour mon nez qui s'absente et ma bouche aquiline,
Pour mon profil serein, pour ma face serine,
Pour mon regard rêveur et mes ongles en deuil !...
Je m'étais jusqu'au fond fourré le doigt dans l'œil !
Je reste tout baba de tant d'indifférence...
Qu'est-ce que j'en ferai de sa reconnaissance !...

GNAFRON, qui a entendu les derniers mots

Ben, vous la porterez au Mont-de-Piété.

GUIGNOL

Encor toi? Que veux-tu?

GNAFRON

Moi? Rien! — Vous inviter,
A dîner, sans façon... à la bonne franquette :
On mangera du lard...

GUIGNOL

Non, non!

GNAFRON

... En vinaigrette!
Et quatre rats d'égout que j'ai pris cette nuit.
Deux chacun. C'est très bon, à la poële, bien cuit.

GUIGNOL

Merci. Je n'ai pas faim.

CRIS, *au dehors*

Bravo!

GUIGNOL

Tiens, dans la rue
On hurle... qu'y-a-t-il?

GNAFRON, *allant vers la fenêtre*

Dehors!... une cohue!...

VOIX, *au dehors*

Vive Guignol!. Bravo!.. Hip!.. Vive Cyrano!..

GUIGNOL

Que me veut-on encor? Le sais-tu, Ragueneau?

SCENE VI

LES MÊMES, LES CADETS, CHRISTIAN, LE BRET
puis LA MICHE

PREMIER CADET

Mon cher ami Guignol, viens, je te félicite...
Nous n'avions pas connu la chose tout de suite :
Nous étions chez Machin, l'aubergiste, à côté...

GUIGNOL, *lui tournant le dos*

Ah? vraiment? Pourquoi donc n'y es-tu pas resté?...

DEUXIÈME CADET

Quelle force!.. Ah! mon cher Cyrano, je t'admire...

GUIGNOL

Oui, mais dispense-moi de venir me le dire...

LE BRET

Cyrano, qu'as-tu donc ?

GUIGNOL

J'ai trois sous et demi.

LA MICHE, *entrant*

Guignol serait-il là ?..

GNAFRON

Oui, M'sieur !..

LA MICHE, *à Guignol*

Mon cher ami,
Je suis chargé par le gouverneur militaire
De la ville, par le préfet et par le maire,
De vous féliciter,... et de... de vous offrir
Une faveur...

GUIGNOL

C'est bien : je demande à mourir !...

GNAFRON

Lui ?... Mourir ?... Qu'a-t-il donc ?... Le voilà tout patraque !

LA MICHE

Taisez-vous, Ragueneau. — Monsieur de Bergeraque,
C'est votre seul désir ?...

GUIGNOL

Le seul, parfaitement !...

GNAFRON, *sanglotant*

Ah ! je vais cette fois me moucher, sûrement !...

(*Il se mouche à grand bruit.*)

GUIGNOL

Oui, je désirerais qu'on m'envoie à la guerre ;
Je ferais quelque chose au moins sur cette terre,
Tandis que je m'ennuie, à mourir, à Lyon !...
On n'a plus rien à faire à présent... le guignon
Ne veut plus me lâcher : rien ne se détrancane,
Les tramways, les autos n'ont plus aucune panne,
Tous les voleurs sont pris, tous les feux sont éteints,
On ne trouve qu'à Bron des fous et des crétins,
Pour garder les passants on a « la Vigilante »,

La police nouvelle et privée — épatante,
Qui fait la concurrence aux agents, brigadiers,
Commissaires, Parquets... même aux chiens policiers !
Les Cadets vont laisser se rouiller leur carcasse...
Faites-nous donc partir pour le siège d'Arrasse !

LE BRET

A propos, je serais curieux de savoir
Pour qui travaillaient les apaches, hier soir...
Car quelqu'un avait dû verser la forte somme ;
On les avait payés pour assommer cet homme.

PREMIER CADET

Ah ! celui qui paya ces apaches, ma foi,
Doit rager ce matin !...

LE BRET

Le connais-tu ?

LA MICHE

C'est moi.

J'avais avec Gnafron à régler une dette :
Je n'ai pas réussi ; tant pis : je le regrette.

GUIGNOL, à la Miche

J'ai gardé trois surins, qui vous seront remis ;
Vous voudrez bien, Monsieur, les rendre à vos amis.

LA MICHE

Ragueneau ! Veuillez faire avancer ma monture !

GNAFRON, criant

Eh là-bas, le larbin !... Oh bée !... Oui, toi, figure ;
Dépêche-toi, voyons, d'amener ton bidet.
La Miche en a besoin pour porter un paquet,
Un paquet assez lourd qu'il a mis dans sa poche,
Et son mouchoir dessus... Arrive donc, galoche !...

LA MICHE

Insolent... je ne sais ce qui me retient...

GNAFRON

Ho !...

Bon, ce qui vous retient ? Voilà : c'est Cyrano !

LA MICHE, à Guignol

Pour vous, votre figure à présent m'est connue :
Nous nous retrouverons.

GUIGNOL

Au coin de quelle rue?

LA MICHE, *menaçant*

Méfiez-vous, Monsieur !...

GUIGNOL

Me méfier? Pourquoi?
Je ne vous verrai plus, j'en suis sûr, devant moi.

LA MICHE

Et comment?

GUIGNOL

Parce que... — la raison en est claire —
... Vous ne viendrez jamais sur moi que par derrière.

(*La Miche sort.*)

SCENE VII

LES MÊMES, moins LA MICHE

GNAFRON, *s'adressant à La Miche après qu'il est sorti*
Eh bien, mon vieux... je crois que ça t'en bouche, un coin !...

DEUXIÈME CADET

Est-ce qu'il part?...

GNAFRON, *regardant au dehors*

Il court ! Oh ! il est déjà loin !...

PREMIER CADET

Maintenant, Cyrano, conte-nous cette histoire...

DEUXIÈME CADET

Cyrano, dis-nous ça !...

GUIGNOL

Pas aujourd'hui.

PREMIER CADET

Ta poire,
Tu la fais avec nous ?...

CHRISTIAN

Racontez-nous cela...

GUIGNOL

Raconter... raconter !... Vous m'ennuyez, voilà !

CHRISTIAN, *à un cadet*

Il semble furieux : l'a-t-on mis en colère?

DEUXIÈME CADET

Ah! jeune homme, pour ça, ça pourrait bien se faire!

PREMIER CADET

Peut-être que quelqu'un lui parla de son nez!...

DEUXIÈME CADET

Ceux qui parlent de ça sont tous exterminés!

GNAFRON

Si tu viens à ronfler ainsi qu'un tuyau d'orgue,
T'auras signé du coup ton entrée à la Morgue!

PREMIER CADET

Et se moucher, vois-tu, c'est infailliblement
Se sonner le clairon du dernier jugement!

CHRISTIAN

Tu plaisantes, voyons... Peux-tu croire qu'un homme,
Si terrible qu'il soit, et quand même il se nomme
Guignol, ait le pouvoir de m'effrayer ainsi?
Ah non!... détrompez-vous!...

LE BRET

Le Récit!

TOUS, *sur l'air des Lampions*

Le Récit!
Le Récit!... Le Récit!...

GNAFRON, *sur le même air*

Et la ferme! et la ferme!...

GUIGNOL

Allons... A tous ces cris vous allez mettre un terme :
Voici donc. Je marchais, précédant mon froussard;
Les becs de gaz au loin tremblaient dans le brouillard;
Et l'on n'apercevait sur les quais sans lumière
Que les bancs-de-tisane et les autres... de pierre...
Tous les derniers tramways fuyaient époumonnés,
Et moi, je n'y voyais pas plus loin...

CHRISTIAN

... Que ton nez.

GUIGNOL, *bondissant*

Quel est cet homme...

PREMIER CADET, *embarrassé*

C'est... un...

GUIGNOL

... pour qu'il se permette

De parler de...

DEUXIÈME CADET

C'est un cadet... de la Villette...

GUIGNOL, *s'avançant*

De la Villette?... Oh! je ne suis pas patient...
Il s'appelle?...

LE BRET

Christian...

GUIGNOL, *saisi*

Ah!...

(*Furieux.*)

Je m'en vais...

(*Il répète, comme pour se calmer.*)

— Christian!

(*Il reprend.*)

Nous marchions : nous avions atteint le pont du Change,
Et sans avoir rien vu... Ça devenait étrange ;
Gnafron se rassurait déjà, lorsque soudain
Par le quai Saint-Vincent arrive à fond de train
Une auto ; et, tandis que Ragueneau s'effare,
Je distingue dans l'ombre, aux lueurs de ses phares,
Les Apaches, muets, prêts et disciplinés...
J'avance ; et je me trouve aussitôt...

CHRISTIAN

... Nez à nez...

GUIGNOL

Entouré... Je me trouve entouré... Mais je cogne,
L'un sur le cotivet, et l'autre sur la trogne ;
Cristi ! qu'il faisait chaud ! et quels vibrants éclairs
Faisait jaillir ma trique en tapant sur...

CHRISTIAN

... leurs blairs...

GUIGNOL

Ils commencent alors à prendre la traquette,
A travers les bas-ports ils battent en retraite,
L'ardeur de vaincre cède à la peur de mes coups,
Et je ne reçus rien, mais rien...

CHRISTIAN

... sur le picou.

GUIGNOL

Plusieurs me suppliaient, d'autres versaient des larmes,
Et, pour être épargnés, ils me rendaient leurs armes.
Bref, il n'en resta qu'un, le plus fort, le plus vif ;
Il veut m'ajuster : Paf! et je riposte...

CHRISTIAN

Pif!

GUIGNOL

Nom d'un rat, sortez tous! Ah !...

TOUS, *en chœur*

Fait's chauffer la colle !

PREMIER CADET

Ben, ce n'est pas trop tôt !... C'est ce coup qu'on rigole !...

DEUXIÈME CADET, *à Gnafron*

On va le retrouver dans un de vos pâtés,
En tout petits morceaux...

GUIGNOL, *les poussant*

Allons, sortez, sortez !...
(Les Cadets sortent avec Gnafron).

SCENE VIII

GUIGNOL, CHRISTIAN

CHRISTIAN

Monsieur de Cyrano, je suis tout à vos ordres...

GUIGNOL

Hein ! voyez le roquet, comme il est prêt à mordre !...
— Bon ; donne-moi la main, tu n'es pas un capon.

CHRISTIAN

Plaît-il?...

GUIGNOL

Je m'y connais ; c'est moi qui t'en réponds !
Je vois bien : tu cherchais une terrible affaire,
Un duel, avec moi ! Pourquoi? Pour te défaire
De la vie !... Avec moi !... Mais, mon pauvre garçon,

Tu ne sais pas encor comme on tient un bâton !...
Dire qu'un peu de plus dans un ou deux quarts d'heure,
Il aurait donc fallu que Roxane te pleure !...
Et ces deux beaux quinquets que nous connaissons bien,
De les faire pleurer cela ne te fait rien ?...
Ou bien espérais-tu que la pauvre Roxane
Irait à l'hôpital te faire des tisanes ?
Alors, quoi ?... Réponds-moi ! Tu es estomaqué ?...
Tout à l'heure, pourquoi m'as-tu donc provoqué ?

CHRISTIAN

Roxane... qui vous dit, Cyrano, qu'elle m'aime ?

GUIGNOL

Qui me l'a dit, Christian ?... Parbleu, c'est elle-même..
Tiens, voilà du nouveau que tu n'attendais pas ;
Oui, c'est Roxane, ici, qui me l'a dit, hélas !

CHRISTIAN

Elle m'aime, ô bonheur !... Mais non... je suis trop bête ;
Je possède peut-être une belle binette ;
Mais, Monsieur Cyrano, je ne sais pas du tout
Ecrire... Je n'ai pas d'esprit, ni de bagout...
Pour parler galamment je n'ai pas d'aptitudes,
Et Roxane, elle, a son certificat d'études !...
Et voilà la raison de tout mon désespoir :
Jamais je ne pourrai lui plaire et l'émouvoir !

GUIGNOL

Ecoute : concluons une entente nouvelle ;
Tu me prêtes ton nez, je prête ma cervelle...
Veux-tu ? Moi, j'écrirai, je ferai tes discours.
Je t'en promets, vois-tu, douze à quinze par jour...
Et donc, pour commencer, prends, ami, cette lettre ;
Prends-la... Tu n'auras pas même besoin d'y mettre
L'adresse... La voici toute prête...

CHRISTIAN

Pourtant...

GUIGNOL

Sois tranquille : c'est bien tourné... C'est épatant !

CHRISTIAN

Mais je serai...

GUIGNOL

Prends vite !...

CHRISTIAN

Elle est donc pour Roxane ?

GUIGNOL

Certainement, mon vieux !... Enfourche ta bécane,
Dépêche-toi... Ou bien fais porter le poulet
Par un ami qui soit complaisant et discret,
Par un commissionnaire ayant plaque cuivrée,
Par un « Petit Chasseur Lyonnais » en livrée,
Vêtu de jaune sale et de rouge crasseux...
Ou par la poste encor, ce sera moins chanceux.

SCENE IX

LES MÊMES, LES CADETS, GNAFRON

LA VOIX DE GNAFRON

Si qu'on rentrait... Voilà bien longtemps qu'ils se battent...
(*Ils rentrent.*)

GUIGNOL

Les morceaux sont entiers : c'est ça qui vous épate !

GNAFRON

On peut donc en parler, de son nez, maintenant ?...
(*Il renifle.*)
Oh ! oh !... Vous n'avez pas senti ?... C'est étonnant,
Quelle odeur !... Mais ça doit venir de la cuisine ?
Qu'est-ce que cela sent par ici ?

GUIGNOL, *le battant*

La racine !

GNAFRON, *criant*

Assez, assez, assez !... Laissez-moi tout entier !

PREMIER CADET

Au revoir, Cyrano ; nous allons au quartier,
Pour voir si l'on n'a pas reçu quelques dépêches
De ce siège d'Arrasse, et des nouvelles fraîches...
Vont-ils tenir longtemps en échec les Français ?

GUIGNOL

Tant qu'on n'y mettra pas des gones Lyonnais !
Nous pourrions bien partir, ça ne tardera guère !...

LE BRET

Les Cadets Croix-Roussiens ne craignent pas la guerre !

GUIGNOL

Bon, je pars avec vous... Adieu, cher Ragueneau !...

GNAFRON

Adieu ? Non... Au revoir, Monsieur de Cyrano !

(*Guignol sort avec les Cadets.*)

SCENE X

GNAFRON, *seul*

Nom d'un rat, si quelqu'un y comprend quelque chose,
Moi, pas. Pourquoi Guignol est-il donc si morose ?
L'autre parle de nez, de pif, et de piton,
Et si j'en parle, moi, j'ai des coups de bâton !
Je crois que, par moments, il est un peu loufoque...
C'est égal ! Il est fort ! Il faut pas qu'on s'en moque !
A la fin de l'envoi, je cogne !... Que c'est beau !
A la fin de l'envoi...

            Allons voir mon fourneau.

RIDEAU

ACTE TROISIÈME
La Place de la République [1]

SCENE PREMIÈRE

LA MICHE, *seul, arrivant du fond*

Ah ! ah ! je le retrouve, et plus tôt qu'il ne pense !...
Guignol va recevoir sa juste récompense :
Me voici colonel des Cadets Croix-Roussiens ;
Désormais il est sous mes ordres : je le tiens.
Et nous partons demain pour le siège d'Arrasse,
J'aurai donc le plaisir de lui choisir sa place...
Et l'ennemi, tout seul, saura bien se charger,
En supprimant bientôt Guignol, de me venger...
Décidément, ma chance est chaque jour meilleure !...
Il est arrivé sur le devant du théâtre, à gauche.
Ah ! voici la maison où Roxane demeure...
Quand voudra-t-elle enfin m'accepter pour époux,
Couronner de sa main mes projets les plus doux ?...
Elle ne semble pas agréer mes hommages...

LA VOIX DE LA DUÈGNE, *à l'intérieur*

Mad'moiselle Roxane, aimez-vous le fromage ?

LA MICHE

Elle est chez elle... Allons, il faut la décider ;
Je veux qu'elle réponde enfin, et sans tarder !
Pour me mettre, d'ailleurs, un peu mieux à mon aise,
J'ai fait une visite à son tuteur, à Vaise...
Et ce tuteur bonnasse a dit : « Certainement,
Si elle vous refuse, elle rentre au couvent. »
Elle n'osera pas braver cette menace ;
La fortune, dit-on, encourage l'audace :
Je vais bien voir !... Appelons-la. *(Il appelle)* Roxane ?

ROXANE, *paraissant à la fenêtre*

Eh bien ?...

---

[1] On peut utiliser n'importe quel autre décor.

LA MICHE

Peut-on vous demander un instant d'entretien ?

ROXANE

Je descends. *(Elle disparaît)*

LA MICHE, *seul*

Attention !

SCENE II

LA MICHE, ROXANE

ROXANE, *entrant en scène*

Ah ! c'est vous, De la Miche ?
Et que me voulez-vous ?

LA MICHE

Vous dire : Je suis riche...
Je n'aurai de bonheur que si vous m'épousez.

ROXANE

C'est tout ?

LA MICHE, *étonné*

Mais oui, c'est tout.

ROXANE

C'est déjà bien assez...
C'est même trop : je veux demeurer vieille fille.

LA MICHE, *après un silence*

C'est tout ?

ROXANE, *ironique*

Mais oui, c'est tout.

LA MICHE

Vous n'êtes pas gentille...
Rappelez-vous aussi, Roxane, que souvent
Votre tuteur a dû vous parler de... couvent,
Et que...

ROXANE, *sèchement*

Cela suffit ; j'ai fort bonne mémoire.
Voici donc ma réponse, exacte et péremptoire :
Quelque triste parti qui me soit proposé,
Partout où je vous vois, je choisis l'opposé.

LA MICHE

Mais songez donc, je suis...

ROXANE

Vieux, laid, dur, bête et riche ;
Moi, je ne serai pas Madame De la Miche.

SCENE III
LES MÊMES, LA DUÈGNE

LA DUÈGNE, *entrant*

Madame, si nous ne partons pas aussitôt,
Nous manquerons le grand match de boxe aux Brotteaux.
Vous savez bien, déjà, la semaine dernière,
Nous n'avons rien pu voir, nous étions par derrière...

LA MICHE, *à Roxane*

Vous vous repentirez, Roxane, mais trop tard...
En attendant, adieu !.. car mon régiment part ;
Les Cadets Croix-Roussiens seront demain en route ;
Guignol, qui m'a bravé, verra ce qu'il en coûte !...

ROXANE, *à part*

Ciel ! les Cadets !... Christian à la guerre !... *(Haut)* Ah ! vraiment,
Vous voulez vous venger de Guignol ?... Et comment ?...
En l'envoyant là-bas pour se couvrir de gloire ?...
Vous n'êtes pas malin !... Et, vous pouvez m'en croire,
A votre place, moi, j'aurais mieux réussi :
J'aurais tout simplement laissé Guignol ici !
Vous voulez contre lui trouver une vengeance ?
Privez-le de l'honneur de défendre la France.

LA MICHE, *enchanté*

C'est vrai !... C'est admirable !... Il sera furieux...
Madame, les Cadets ne partent pas.

ROXANE, *à part*

Tant mieux !
Voilà Christian sauvé des hasards de la guerre...

LA MICHE

Je m'en vais de ce pas faire le nécessaire.   *(Il sort)*

LA DUÈGNE

Dépêchons-nous, Madame!...   *(elles sortent toutes deux)*

SCENE IV

GUIGNOL, CHRISTIAN

GUIGNOL, *arrivant du côté opposé*

Ecoute-moi, Christian...
Elle vient de sortir, nous avons un instant...
Prépare ta mémoire, et ne prends pas la flemme...

CHRISTIAN

Non, Cyrano, merci; je veux parler moi-même...

GUIGNOL

Toi-même?... Ça sera du joli!...

CHRISTIAN

Et pourquoi
Ne saurais-je donc pas dire, aussi bien que toi,
Ce que depuis huit jours tu m'apprends à grand peine?
Je vais attendre ici que Roxane revienne...
Et je...

GUIGNOL

C'est bon, c'est bon! Je me mets dans un coin....
Heureusement pour toi que je ne vais pas loin!

(il se cache)

SCENE V

CHRISTIAN, ROXANE, LA DUÈGNE, puis GNAFRON

LA DUÈGNE, *entrant avec Roxane*

Je vous le disais bien... Nous n'avons pas de veine,
Nous étions en retard, et la salle était pleine...
Il fallut revenir!... Si ça fait pas bisquer!
Ah! que c'est malheureux! Ah! nous l'avons manqué!

GNAFRON, *entrant*

Manqué, quoi? le tramway, le train, le bateau-mouche?..
Y en à tous les quarts d'heur', la nuit; le jour, ils s'touchent..
Faut pas vous désoler pour ça, Madam'.. Machin...

LA DUÈGNE

Non, ce que nous avons manqué c'est un match.

GNAFRON

Hein?

— A vos souhaits! — Un quoi?

LA DUÈGNE

Un concours!

GNAFRON

Ah!

LA DUÈGNE

De boxe!

GNAFRON

De bosque? — Ah oui! Des coups de poings! Pan, pif, paf, poxe!
Ça se passait... au coin du pont? sur le bas-port?

LA DUÈGNE

Non! ce n'est pas une bataille, c'est un sport!

CHRISTIAN

Roxane!

(ils se rapprochent et remontent vers le fond du théâtre)

GNAFRON *(à la Duègne)*

Un sport?

LA DUÈGNE

Eh oui! Un spectacle! — Est-il bête! —
C'est plein de beaux messieurs, de dames en toilette;
Le manager... le ring... dix-huit rounds...

GNAFRON

Dix-huit ronds?

C'est cher, pour voir deux gon's se cogner le melon!
— Et la police y vient? Disez donc? Hein? macache!
Faudrait Guignol là-bas pour calmer ces apaches!

LA DUÈGNE

Des apaches? Mais non! c'est des gens comme il faut,
Et qui gagnent leur vie...

GNAFRON

En se crevant la peau.

LA DUÈGNE *(agacée)*

Vous n'y comprenez rien.

GNAFRON

Eh bien, elle est polie!...

LA DUÈGNE

Jolie ? oui, l'on m'a dit que j'étais très jolie !...
Vous vous y connaissez... — Bonsoir, Monsieur Gnafron !
(elle sort)

GNAFRON

Oh la la, quel toupet !.. Bonsoir, vieille guenon !
(il sort de l'autre côté)

SCENE VI

ROXANE, CHRISTIAN

Ils redescendent sur le devant du théâtre

ROXANE

Eh bien, nous sommes seuls... Parlez-moi...

CHRISTIAN

Je vous aime !

ROXANE

Vous l'avez déjà dit. Quelle indigence extrême
Vous avez ce soir-ci, mon ami .. Parlez mieux...
C'est tout ?..

CHRISTIAN

Je vous...

ROXANE

Oui, oui, je sais !

CHRISTIAN

Je vous...

ROXANE

Adieu !
(elle sort brusquement)

SCENE VII

CHRISTIAN, GUIGNOL, puis ROXANE

GUIGNOL, *sortant de sa cachette*

Allons, sors-toi de là !. Tu ne sais donc rien dire !.
« Je vous... Je vous.... » C'était à se tordre de rire !.
Laisse-moi faire... Va... mets-toi là, dans un coin,
Et je t'appellerai quand j'en aurai besoin.
(Il appelle) Roxane !. Ho ! bée !..

ROXANE, *ouvrant la fenêtre*

Plaît-il, c'est vous ?..

GUIGNOL

Bonsoir, Roxane ;
C'est moi : Christian...

ROXANE

Eh bien ?

GUIGNOL

Ce n'était qu'une panne
Survenue au moteur de mon esprit...

ROXANE

Très bien !

GUIGNOL

Voilà.. C'est réparé... Teuf-teuf !.. Ce n'était rien !.
Laissez-moi seulement tourner la manivelle,
Et vous allez la voir s'élancer, ma cervelle !
Ah ! nom d'un rat, ce soir, vraiment, ça va ronfler :
Nous partons ; attention !

ROXANE

Bon. J'écoute. Parlez.

GUIGNOL

O douce Roxelane, o ma colombe blanche,
Je ne suis qu'un melon, je t'en offre une tranche ;
Même, si tu voulais m'accepter tout entier,
Je serais le plus fier des melons du quartier !..

ROXANE

C'est très bien ce qu'ici votre cœur me dégoise...

GUIGNOL

Mon cœur !.. Ah ! voyez-vous, il est comme une ardoise :
Lorsque j'étais petit, et que j'étais pas grand,
J'en avais une, ardoise, avec un crayon blanc ;
J'y faisais des maisons, des bonshommes, des barres,
Et des chemins de fer qui fument dans les gares :
Lorsque j'avais rempli l'ardoise, j'effaçais ;
Et puis le lendemain, ben, je recommençais...
Sur mon cœur, voyez-vous, j'écris toujours de même :
« Je vous aime ». J'efface. Et j'écris : « Je vous aime ».

ROXANE

C'est superbe !

GUIGNOL

Roxane... Entendez-vous ma voix ?..
Mon cœur... il est pareil à ces chevaux de bois,
Vous savez, ces chevaux que l'on voit à la vogue,
Qui ne sont pas plus gros qu'un caniche ou qu'un dogue...
Ils tournent tous autour d'un grand poteau tout droit :
Mon cœur tourne de même, et le poteau, c'est toi !

ROXANE

Ah ! que c'est beau !

GUIGNOL

Mon cœur, c'est comme une sonnette,
Qu'on attache au guidon sur une bicyclette ;
C'est comme un grand collier tout garni de grelots
Que l'on suspend au cou d'un cheval au galop ;
Et c'est comme une cloche au cou d'une bardelle,
Qui sonne tout le temps sans se séparer d'elle,
Même quand l'animal se couche, puis s'endort,
Car, s'il bouge en dormant, le grelot sonne encor !
J'ai suspendu mon cœur à ton cou, Roxelane,
Et toi t'es le bidet, la vache, et la bécane !

ROXANE

Ah ! je t'aime !

GUIGNOL

Ah ! ben oui, t'as joliment raison !..
Je serai si gentil, plus tard, à la maison ;
Je balierai la chambre et ferai le ménage,
T'auras des matefaims, des beignets, du fromage,
Des frites, des gratons, tant que tu en voudras...
Et pour comble de tout, afin que tu n'aies pas
De mauvais cauchemars dans tes rêves, Roxane,
Au moins trois fois par an, je tuerai les bardanes !...

ROXANE

Je descends...

GUIGNOL

Non, non, non !... Laisse-moi te parler...
On dirait que mon cœur est prêt à s'envoler,
Avec mes boniments, jusque vers toi, Roxane,
Comme un Américain sur un aéroplane...
Laisse moi te parler, oui, de n'importe quoi,
Pourvu que je sois là, pourvu qu'autour de moi

Je sente le parfum de ton eau de Cologne
Aussi doux qu'un Pernod sous le nez d'un ivrogne!
Vois-tu, je me souviens de tout ce que tu fais...
Au quatorze Juillet, l'an dernier, je le sais,
Rien que pendant le bal et pendant la revue,
Tu jetas sur le nez des passants dans la rue
Quatre mille six cent trente-deux confettis:
Je les ai tous comptés, je te le garantis!
J'ai vu tes trois lampions, le soir du huit Décembre,
S'allumer devant la fenêtre de ta chambre,
Et celui du milieu, le dernier, s'est éteint,
A vingt-trois heures cinquante-neuf du matin!
Vois-tu, je me ferais dévisser la carcasse
Pour que tu sois heureuse, et que je t'épousasse!

ROXANE

Oui je t'épouserai, mon Christian, c'est promis,
Et, quand tu le voudras, nous serons réunis...
Oui, quand tu le voudras, la noce...

CHRISTIAN, *de sa cachette*

Tout de suite!

ROXANE

Ah! tant mieux... je descends... *(elle disparait)*

GUIGNOL, *à Christian*

Maboul! tu vas trop vite...
Tout de suite? ce soir, à minuit!... Es-tu fou...?
(Roxane arrive en scène).
Ah! Roxane, bonjour! comment vous portez-vous?

ROXANE

C'est donc vous, Cyrano?

GUIGNOL

Mais oui... je me balade,
En chantant à la lune une belle ballade.
Nom d'un rat! vous allez prendre froid par ici!

ROXANE

Je vais me marier.

GUIGNOL

Vous? eh bien, sapristi,
C'est un peu fort!... Où donc?

ROXANE

A Saint-Bonaventure.

GUIGNOL

Comment? là, sans chevaux, ni cocher, ni voiture,
A pied, comme à Brindas, ou comme à Chaponost?

ROXANE

Si vous voulez venir avec nous, Cyrano?

GUIGNOL

Pour sûr que je veux bien! *(à Christian)* Ah! t'en as, de la veine,
Tâche de ne jamais lui faire de la peine,
D'être gentil pour elle, et complaisant, et doux...
Tâche de...

ROXANE

Vous savez, il parle mieux que vous!

GUIGNOL

Allons donc?

ROXANE

Oui.

GUIGNOL

Allons b'en tant mieux... Mais j'y pense...
Vous avez un toupet qui n'est pas en faïence!
Vous marier! ce soir! D'un seul coup!... nom d'un rat:
Mais tous dorment, voyons...

ROXANE

On les réveillera.
(elle se retourne, et, soudain)
Ciel! que vois-je là-bas?... Mon Dieu!... Monsieur La Miche!
Regardez-le... c'est lui qui sort du Café Riche... (1)
Que faire, Cyrano?...

GUIGNOL

Ne vous tourmentez pas...
Allez vous marier tranquillement là-bas :
Et pour qu'il ne voie pas que vous êtes sortie,
Je l'occuperai bien deux heures et demie...
Puis, quand vous reviendrez, mariés et contents,
Plus il fera potin, plus il perdra son temps!...
(Roxane sort avec Christian)

(1) La publicité est gratuite. *N. de l'A.*

SCÈNE VII

GUIGNOL, LA MICHE

GUIGNOL, *seul un instant*

Et tandis qu'ils s'en vont, que la Miche s'approche,
Guignol, ne remets pas ta langue dans ta poche !

LA MICHE, *à part, il est masqué*

Je reviens... Il le faut... Je veux être entêté,
Et Roxane...

GUIGNOL, *surgissant*

Monsieur, auriez vous la bonté
De me faire savoir sur quel astre nous sommes,
S'il vous plaît ?...

LA MICHE

Qu'est-ce donc encore que cet homme...
C'est un fou ?... Un apache ?... Ou plutôt l'on dirait
Un ivrogne qui sort du dernier cabaret...
Laisse passer, l'ami !

GUIGNOL

Mon Dieu, sur ces planètes,
On rencontre des gens qui sont bien malhonnêtes !...
Je vous ai demandé, Monsieur, très poliment,
A quel endroit je suis, ici, du firmament...

LA MICHE, *à part*

Il faut le contenter... *(Haut)* Vous êtes sur la Terre.

GUIGNOL

Sur la Terre, vraiment ?... Comment s'est donc pu faire
Ce voyage étonnant ?... Je suis donc de retour !
C'est parfait !... Je respire ! Excusez-moi ! Bonjour !

LA MICHE

Allons, laisse passer !

GUIGNOL

Monsieur, veuillez me dire
A quelle année en est le monde ?

LA MICHE

C'est pour rire ?...
Je ne suis pas d'humeur, ce soir, à plaisanter,
Et vous répète enfin de me laisser passer !

GUIGNOL

Monsieur, permettez-moi de vous le dire en face,
Vous n'êtes pas poli, pour moi...

LA MICHE, *essayant de passer*

Laissez la place...

GUIGNOL

Ah ! pour ça non, Monsieur, vous ne passerez pas...

LA MICHE

Comment, je ne puis plus avancer d'un seul pas !
C'est un fou, je le vois, mais quelle est sa folie ?
Allons, il ne faut pas que je le contrarie :
Ce sera plus prudent !

GUIGNOL

Monsieur, répondez-moi,
Quelle heure est-il, quel jour, quelle année, et quel mois ?
Vous avez l'air surpris... Vous en verrez bien d'autres !
Mon voyage, Monsieur, fut celui d'un apôtre
De l'aviation. En l'an mil neuf cent huit,
Je fis la connaissance, un jour, de Wilbur Wright...
Il en est mort, depuis. J'en ai l'âme chagrine.
Je fus l'élève aussi du célèbre Védrine;
Et, pour bien compléter ma force et mon aplomb,
Je fis même un séjour à l'école de Bron.
Bref, ayant fait l'achat d'un bel aéroplane...

LA MICHE

En a-t-il pour longtemps ? Je voudrais voir Roxane !

GUIGNOL

...Je voulus, sans rien dire, et pour mon seul bonheur,
Etablir le dernier record de la hauteur.
Un soir donc, — oui, un soir ! — sans l'aide de personne,
Je vais à mon hangar, sur le terrain, j'actionne
Le moteur ! Et je pars ! Pas d'obstacle en chemin !
Je glissais dans les airs !.. Tant et tant qu'à la fin,
Tranquille et confiant sans craindre aucune panne,
Je m'endormis, Monsieur, sur mon aéroplane !
Combien de temps dura mon sommeil ? Je ne sais !
Seulement, sans m'en apercevoir, j'avançais !
Lorsque je m'éveillai, je restai tout patraque :
Mon maudit appareil, que la hauteur détraque,
Ne veut plus redescendre, et monte... aux infinis !

Sans perdre encor pourtant mon sang-froid, je me dis :
« Mon vieux, dépêche-toi de retrouver ta route
Pour rentrer au galop, car à Lyon, sans doute,
On te cherche partout, de la Guille au Plateau ! »
Et soudain, j'aperçois, pas très loin, un poteau !
Je tourne le volant, et je rase... la terre,
Et lis sur le poteau : « Planète... Jupiter ! »
Jugez un peu, Monsieur, jugez de mon ennui,
En me voyant jeté soudain, en une nuit,
Dans l'orbite lointain d'une telle planète !
A ma place tout autre aurait perdu la tête...
Mais quoi ! l'occasion s'offrant de visiter
Tous les astres du ciel, j'en voulus profiter !
Et je repris alors ma course dans l'espace.....

   (Il parle de plus en plus vite.)

A côté de Vénus, sans m'arrêter, je passe,
Puis, tandis que je cherche à resserrer le frein,
J'avance sans rien voir, et vais donner en plein
Au milieu d'un brouillard tout blanc comme la neige...
C'était la Voie Lactée !.. Ah ! diable ! m'écriai-je,
Ce n'est pas qu'à Lyon que l'on voit du brouillard !..
Craignant un accident, je file sans retard,
Et, sans perdre mon temps à regarder la Lune,
Aussi droit qu'un boulet j'arrive sur Neptune !..

(Avec enthousiasme.)

Voilà, monsieur, voilà de l'aviation !..
Je repars. Je m'arrache aux griffes du Scorpion...
J'entends au fond du ciel grogner l'une et l'autre Ourse ;
Et sans m'inquiéter j'accélère ma course...
Lorsque, pour mon malheur, je tombe tout-à-coup
Sur un tas d'animaux, la Baleine, le Loup,
L'Hydre, avec le Dragon, le Chien... et j'en oublie !
Vous n'imaginez pas cette ménagerie !
J'eus tout juste le temps de me réfugier
Dans le paisible abri de l'honnête Bouvier.
Je me mets à poursuivre une étoile... filante ;
Je la rattrape : elle m'appelle ; ... je la plante !..
Gardez-moi ce secret, ne me trahissez pas :
J'ai dû faire là-haut d'innombrables dégâts !
Je crois bien qu'en passant à côté du Navire,
Je l'ai heurté trop fort, le pauvre, et qu'il chavire !
J'ai traversé Saturne en cassant son anneau,
J'ai démantibulé quatre dents du Rateau !
Si l'on s'en aperçoit, vous savez, ça m'embête !..

Et voilà qu'à la fin j'accroche une comète :
Elle tire... j'avance... elle tire plus fort...
Tout craque... et j'ai gardé sa chevelure d'or.
J'en ferai don, peut-être, au Musée des Etoffes...
Mais alors, dégoûté de tant de catastrophes,
J'attends de voir passer la Terre qui tournait...
Ah ouat !... Si vous croyez que l'on s'y reconnaît
Dans cette foule immense où chaque astre scintille :
Autant vaudrait chercher dans la paille une aiguille !
Je l'aperçois pourtant...

LA MICHE

Et comment fites-vous
Pour revenir enfin, monsieur, jusque chez nous ?...

GUIGNOL, *changeant de ton*

Aujourd'hui ce serait un peu long à vous dire ;
Peut-être, un autre jour, si monsieur le désire,
Je serai très heureux d'achever mon récit.
Oui... par exemple... un jour, pareil à celui-ci,
Quand vous serez gênant dans quelque autre demeure,
Je puis vous faire encor perdre une demi-heure !

LA MICHE

Comment ?.. que dites-vous ?... Voyons... Mais cette voix ?...

GUIGNOL

Vous l'entendez au moins pour la troisième fois !..
Au lieu donc d'écouter mon histoire fantasque,
Si vous aviez d'abord retiré votre masque
Qui vous donne un faux air de bandit espagnol,
Alors vous auriez pu reconnaître Guignol !

Roxane entre au bras de Christian
En même temps la Duègne sort de la maison.

SCÈNE VIII

LES MÊMES, ROXANE, CHRISTIAN, LA DUÈGNE

LA MICHE

Mais voyons... ai-je la berlue ?.. Est-ce un mirage ?..

GUIGNOL

Monsieur La Miche, allons ! prenez avec courage
La nouvelle qui va vous tomber sur les pieds :
Roxane et Christian, ce soir, sont mariés.

LA MICHE, *furieux*

Ah ! voilà donc pourquoi vous désiriez, Roxane,
Pour punir Cyrano, que je ne le condamne
Qu'à rester à Lyon, avec tous les cadets !..
Eh bien, ils partiront !.. C'est moi qui le promets !..

Il regarde un instant Christian et Roxane
Puis il continue, ironique :

De troubler ce bonheur je n'ai pas la pensée ;
Mais il faut achever la fête commencée :
Nous allons donc partir à l'instant pour le bal !
Préparez-vous, Messieurs ; l'orchestre nuptial
Aura pour musiciens les défenseurs d'Arrasse !

ROXANE, *défaillante*

Mon Dieu !..

LA MICHE, *à Roxane*

Nous allons faire une partie de chasse ;
Il est vrai que parfois le gibier se défend :
Peut-être tuera-t-il Guignol avec Christian !
Je ferai pour cela, certes, tout mon possible ;
Allons, braves Cadets, venez servir de cible !

(Il sort, entraînant Christian.)

CHRISTIAN

Adieu, Roxane ! *(il disparaît)*

ROXANE, *se précipitant vers lui*

Adieu !

GUIGNOL, *à Roxane*

Je le protégerai ;
Rappelez-vous toujours que je vous l'ai juré !

(Il sort. Roxane entre dans la maison.)

SCENE IX

LA DUÈGNE, GNAFRON

GNAFRON, *entrant*

Quoi qu'il a donc, La Miche ? Il a l'air en colère...
Christian et Cyroné le suivent par derrière...
Ils marchent sans rien dire... Où vont-ils de ce pas ?

LA DUÈGNE

Où vont-ils ? C'est terrible !... Ah ! ne m'en parlez pas !...
Ils vont partir, avec un régiment de ligne,
A la guerre...

GNAFRON

A la guerre !... Ah ! ça, c'est de la guigne...
Je voulais voir Guignol, et j'arrive trop tard !
A cause que l'on vient de vendre mon bazar...
Je suis dans le pétrin, je sais plus que deviendre :
Je m'en vais m'établir comme ermite au Mont-Ceindre !

LA DUÈGNE

Nous avons justement besoin d'un serviteur,
Voulez-vous accepter cet emploi ?...

GNAFRON

Quel bonheur !
Ah ! madame... Machin, que je vous remercie !
J'aurai donc de la chance une fois en ma vie...

LA DUÈGNE

Pour moi, Monsieur Gnafron, je voudrais faire mieux...
C'est pour toujours que je voudrais vous rendre heureux...
Voulez-vous devenir mon... mari ?..

GNAFRON

Vingt-cinq grolles !
Ça la reprend... ça y est ! Cette vieille, elle est folle !
Vous savez, je préfère encore mourir de faim
Que de me voir forcé de vous donner ma main !

LA DUÈGNE

Oh ! vous réfléchirez, Ragueneau, j'en suis sûre !
Allons, rentrez...

GNAFRON

C'est bon... c'est bon... Mais je vous jure
Que jamais... ah ! jamais !.. Avec vous ! Quelle horreur !

LA DUÈGNE

Ah ! refusera-t-il de me faire mon bonheur !...

RIDEAU

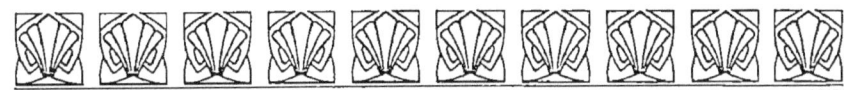

ACTE QUATRIÈME
LE SIÈGE D'ARRASSE

La scène représente le camp des Cadets devant Arrasse. Le Bret va et vient, montant la garde. Il fait nuit. Le jour va paraître peu à peu.

SCÈNE PREMIÈRE

LE BRET, *seul*

Depuis vingt-quatre jours que nous sommes ici,
Le siège s'éternise ; et ça n'est pas fini !
Cette ville, pour sûr, se paye notre tête ;
Elle est dans l'abondance, et nous, dans la disette ;
Nous l'assiégeons, c'est vrai ; mais nous, à notre tour,
Nous sommes assiégés par l'armée de secours !
Nous avons l'ennemi par devant, par derrière,
Et nous voilà fermés dans une souricière !
De plus, le colonel ne trouve rien de mieux
Que de nous assigner les postes périlleux...
Nous ne craindrions pas d'aller nous battre, certes :
Mais ce sont chaque jour d'incessantes alertes,
Et jamais le combat ardent et triomphal !...
Heureusement, Guignol nous soutient le moral,
Avec ses jeux de mots et ses plaisanteries
Qui font sourire encor nos lèvres amaigries.
... Christian ne se plaint pas... Cyrano, chaque nuit,
Traverse insouciant le camp de l'ennemi,
Afin que chaque jour Roxane ait une lettre ;
Il revient quand l'aurore est tout près de paraître,
Toujours de bonne humeur, et toujours sain et sauf...
Il mériterait bien les galons de sous-off !
Je l'attends avec une anxiété nouvelle...
Voici déjà le jour... Et Guignol...

UNE VOIX, *lointaine*

Sentinelle,
Prenez garde à vous !..

LE BRET

Ah ! il n'est pas encor là...

UNE VOIX, *plus rapprochée*

Qui vive ?

LA VOIX DE GUIGNOL

Les Cadets Croix-Roussiens !

LE BRET

Le voilà !

SCÈNE II

LE BRET, GUIGNOL, puis LES CADETS, CHRISTIAN

GUIGNOL, *entrant*

Bonjour, Le Bret ! As-tu bien dormi ?

LE BRET

Tu plaisantes !..

GUIGNOL

Et les Cadets ?..

LE BRET

Ils sont encore sous les tentes...
Ils dorment... C'est heureux... Ne les éveille pas !..

GUIGNOL

C'est vrai... Pauvres Cadets !.. Le Bret, parlons plus bas...
Chaque nouveau matin, j'entends toujours trop vite
Leur voix, à leur réveil, crier : « Des pommes frites !
Du pain !.. Nous avons faim !.. » Ça, c'est leur premier cri...
Le second, c'est : « La Miche est un fier abruti ! »

LE BRET

Maintenant, tu es là... Réchauffe leur vaillance,
Et fais leur prendre encor leur sort en patience...
(Une détonation éclate.)

CRI DES CADETS, *au dehors*

Des frites ou du pain !.. *(ils entrent.)*

GUIGNOL

Et voilà !.. Le festin
Qu'ils s'étaient tous payé dans leur rêve, a pris fin !

PREMIER CADET

Rien à bouffer, toujours !... La Miche est une rosse !..

GUIGNOL

Mais tu ne penses donc qu'à bouffer, dis, panosse !...

DEUXIÈME CADET

Nos estomacs sont creux au fond de nos talons !

GUIGNOL

Ça pourra nous servir pour partir en ballons !

PREMIER CADET

Mais nous mourons de faim... Nous boulottons des briques !

GUIGNOL

Tant mieux : vous risquez pas d'attraper des coliques !...

CHRISTIAN

Hélas ! mon vieux Plateau, le reverrai-je un jour !..

PREMIER CADET

Ah ! revoir la Croix-Rousse... Ah ! le revoir, le cours
Des Chartreux...

DEUXIÈME CADET

Les Terreaux... et le pont La Feuillée !...
Revoir la rue Jacquard...

PREMIER CADET

Et la rue Désirée !..

LE BRET

Parle leur, Cyrano ! Que ta voix, un instant,
Berce leur cœur, ainsi que l'on berce un enfant !

GUIGNOL, *aux Cadets*

Ça, c'est vrai, vous avez quitté votre Croix-Rousse
Quitté votre bon vieux Plateau,
Pour venir, les Cadets sans reproche et sans frousse,
Vous faire ici trouer la peau !

Ça, c'est vrai, nous avons tous quitté quelque chose :
    L'un, sa femme, avec ses mamis ;
L'autre, sa belle-mère écrasante et morose,
    Ses vieux copains et ses amis.

Toi, canut, t'as quitté ton métier, bistanclaque !
    Et toi, savetier, tes baquets !
Voilà pourquoi nous avons tous le cœur patraque,
    Et des larmes dans les quinquets.

C'est vrai, vous avez faim, et rien du tout à boire,
    Plus un seul litre à grignoter,
Pas le moindre morceau de bataille ou de gloire,
    Hélas ! pour vous ravigoter !

De quoi vous plaignez-vous, alors, tas de panosses ?
    Vous avez de la veine encor !
Plus de Lyon, de belles-mères, ni de noces !...
    Soyez contents de votre sort !

Regrettez-vous Lyon, ce tas de cheminées
    Qu'on voit d'en haut du Boulevard ?
Et si vous sentez trop vos âmes chagrinées,
    C'est qu'il vous manque... le brouillard ?

Quoi ?... Que regrettez-vous ? Vos ours, vos cocodrilles,
    Toutes vos douces Madelons ?
Vos gones mal mouchés qui trottent en guenilles
    Avec des trous aux pantalons ?

Ce sont peut-être bien vos pioles, vos suspentes,
    Où l'on n'entre qu'en se baissant,
D'où les bardanes, non, ne seront pas absentes,
    Pendant que vous êtes absents ?

Seraient-ce donc alors les joyeux brindezingues
    Où vous vous mettiez autrefois,
Après quoi pour huit jours vous étiez tout potringues
    Et vous aviez la g... de bois !

Que vous manque-t-il donc, là, sous les murs d'Arrasse ?
    Vos lits ne se balladent pas ;
Vous n'êtes pas forcés de partir à la chasse
    A travers votre matelas !

Vous devenez rangés, ne prenant plus de cuites,
  Puisque les vins sont disparus ;
Vous achetez pour rien de si belles conduites
  Qu'on ne vous reconnaîtra plus.

Et, comme il ne faut pas se serrer la ceinture,
  Jamais nous ne nous la serrons,
Donnant et recevant ici sur la figure
  Des pains, des pêches, des marrons !

Ben, si vous n'êtes pas contents, c'est bien dommage,
  Si vous regrettez trop Lyon...
(Il change de ton brusquement.)
— Ah ! de vous benaiser je n'ai plus le courage ! —
  ... Vous avez joliment raison !

Oui, regrettez-la bien, notre chère Croix-Rousse,
  Et tout ce que vous y laissez ;
Car, pour que tous nos cœurs la trouvent belle et douce,
  — C'est la Croix-Rousse ; et c'est assez !

Regrettez-la, mais pour en accroître la gloire,
  En demeurer bons citoyens,
Tels qu'elle en a trouvé toujours dans son histoire,
  De braves Cadets Croix-Roussiens !

Que sur les gens d'Arrasse on cogne à coups de triques,
  — Car ce sont nos armes, a nous —
Afin qu'au lendemain des combats héroïques,
  Le Plateau nous semble plus doux !

PREMIER CADET

Oui, vive la Croix-Rousse !. Et le reste, on s'en fiche !

DEUXIÈME CADET

Savez-vous ce qu'il faudrait manger ?..

TOUS

Non ?

DEUXIÈME CADET

La Miche !..

(Rires.)

LE BRET

Attention !... le voilà !..

GUIGNOL

Voyez donc ! il a l'air
Affamé presque autant que nous autres...

LE BRET

C'est clair !..
Il n'a pas, lui non plus, toujours toutes ses aises !

GUIGNOL

Oh ! non, va !.. dans sa tente il y a des punaises :
Lui qui ne mange rien en est mangé toujours...
Si bien qu'il n'en restera plus dans quelques jours !

SCÈNE III

LES MÊMES, LA MICHE

LA MICHE

Alerte, les Cadets !.. Car aujourd'hui, sans doute,
Nous aurons du nouveau !.. Toute la ligne, toute,
Doit prendre ce matin les postes de combat.

GUIGNOL

Eh bien, ce n'est vraiment pas trop tôt, nom d'un rat !

LA MICHE, *à Guignol*

Nous connaissons déjà, Monsieur, votre courage.

GUIGNOL

Je n'ai jamais eu peur que de manquer d'ouvrage.

LA MICHE

Jamais eu peur ?.. Oh ! oh ! je n'en puis dire autant...
Quel serait votre avis sur ce point, cependant :
L'autre jour, revêtu de mon écharpe blanche,
J'allais me promener, près d'ici, sous les branches,
Quand je fus aperçu du sommet des remparts...
Et les balles pleuvaient déjà de toutes parts...
Alors, craignant bientôt qu'un boulet ne m'écharpe,
Je quittai prestement mon encombrante écharpe,
La nouai sur un arbre, et, bien caché, tandis
Que l'on tirait dessus, tranquille, j'attendis...
Eh bien, qu'en dites-vous ?..

GUIGNOL

Qu'un Cadet, le moins brave
Des Cadets Croix-Roussiens, dans un danger si grave,
Sous le feu des canons, n'eût jamais consenti,
A se diminuer du pompon d'un képi ;
Et que, s'il avait vu là-bas l'écharpe blanche
Honteusement pendue au sommet d'une branche,
Tandis que vous alliez vous terrer dans des trous,
Fût-il, je vous le dis, le moins brave de nous,
Sans lantibardaner un instant, sans attendre,
Un Cadet Croix-Roussien fût parti la dépendre !

LA MICHE

Mais il aurait reçu trente coups de fusil !..
Mais c'est fou !.. Mais c'est impossible !..

GUIGNOL

La voici.
(Rire silencieux de tous les Cadets.)

LA MICHE

C'est bien. — Monsieur le Bret, auriez-vous l'obligeance
D'aller placer là-haut l'écharpe en évidence
Auprès de ces canons, au sommet du talus ?

LE BRET

J'y vais, mon colonel. *(Il sort)*

LA MICHE, *aux Cadets stupéfaits*

Vous ne comprenez plus ?
C'est bien simple : un espion — espion à double face —
Doit diriger l'assaut des troupes de la place,
Dans une heure, aujourd'hui, justement sur le point...
(Il se met à rire méchamment.)
— Vous voyez combien cette écharpe arrive à point ! —
(Continuant.)
Sur le point désigné par cette étoffe claire,
(Rentre le Bret.)
Par le simple signal que Monsieur vient de faire.

GUIGNOL

Merci, mon colonel !

LA MICHE

Préparez-vous, Messieurs !
Il faut tenir, coûte que coûte, une heure ou deux ;
Il faut qu'ici l'effort de l'ennemi se brise,
Et ce soir, je le sais, la ville sera prise.

GUIGNOL, *saluant*

Ils peuvent arriver ; nous sommes avertis,
On va les recevoir, je vous le garantis !

(La Miche sort.)

SCÈNE V

LES CADETS, *un instant, puis* GUIGNOL, *seul*

GUIGNOL, *poussant les Cadets*

Hep ! Les Cadets ! Allons ! Dépêchez-vous, bambanes,
Vite, préparez-vous !... *(Les Cadets sortent.)*
                              — Et je vais à Roxane
Ecrire les adieux de son Christian, s'il meurt !
(Il écrit.)
Roxane, mon amour, c'est sans verser un pleur,
Sans trembler, ni faiblir, que j'écris cette lettre...
Et pourtant ce sera la dernière peut-être ;
Car nous allons nous battre, et l'on peut y rester,
Et j'écris ici mes dernières volontés !
Ah ! s'il me faut mourir en perdant l'existence,
Je ne veux plus jamais que t'ailles à la danse ;
Tu reviendras ici, Roxane, pour chercher
Mon pauvre macchabée, et le faire enterrer :
Tu me feras creuser une tombe à Loyasse,
Où je te garderai, jusqu'à plus tard, ta place...
Où tu cultiveras encor des cornichons
En souvenir de moi, ainsi que des melons.
Après, tu te mettras en deuil pour six semaines ;
Et sur tous tes couverts, toutes tes porcelaines,
Et même jusqu'au fond de ton pot-de-machin
Tu feras dessiner mon portrait et le tien !...
Allons... l'heure est venue, il faut que je m'arrête :
Ah ! mon cœur est ému comme une poire blette !..
Je finis en cessant, je ferme en la fermant

Cette lettre, ou plutôt, hélas! ce testament...
Adieu, Roxane... Adieu!... J'espère... j'ose croire
Que nous nous reverrons un jour... au Purgatoire!

SCENE VI

GUIGNOL, CHRISTIAN, LE BRET, LES CADETS

PREMIER CADET, *entrant*

Voilà; nous sommes prêts!..

GUIGNOL

Tout à fait prêts, vraiment?.

UNE VOIX LOINTAINE

Debout! Préparez-vous pour le rassemblement!
                    (Entrent d'autres Cadets.)

LE BRET

Allons! ça va chauffer; de partout l'on s'équipe!

DEUXIÈME CADET

Moi, si c'est aujourd'hui qu'il faut casser sa pipe,
Je voudrais bien mourir avec le ventre plein...

LE BRET, *le faisant taire*

As-tu fini, voyons!..

GUIGNOL

Personne ne se plaint
Parmi les vrais Cadets, quand on leur offre à boire
Un vin de sacrifice, un champagne de gloire;
Nous allons nous gonfler d'honneur, cela suffit.
— Vous vous rallierez tous à mon grand salsifi!
(Bas, à Christian.)
Voilà; j'ai composé tes adieux pour Roxane;
Prends cette lettre...
                    (Un coup de feu)

PREMIER CADET

Qu'est-ce qui se détrancane?

LE BRET, *regardant au dehors*

On a tiré !.. Sur un cheval... Mais oui... là-bas...
Aux armes : l'ennemi !... — Non, non ! ne tirez pas !..
(*Il regarde en mettant la main au-dessus de ses yeux.*)
Ce cavalier... mais oui... c'est une cavalière !

TOUS, *se précipitant*

Une femme !..

CHRISTIAN, *reconnaissant l'amazone*

Roxane !.. Ah ! Dieu !

ROXANE, *apparaissant*

Place !.. En arrière !..

(*Elle est montée sur un cheval qui traverse la scène au galop. Christian et Cyrano se précipitent à sa suite.*) (1)

CHRISTIAN

Ah ! Roxane !..

UN CADET, *regardant encore à droite*

Encore un !.. Un homme, cette fois !..
(*Tous les Cadets prennent leurs armes.*)

---

(1) *Ici deux variantes possibles.*

— *Au lieu d'arriver à cheval, Roxane pourrait arriver en automobile, ou encore en aéroplane. On devra, suivant les cas, modifier ainsi ce passage :*

I —

LE BRET

On a tiré !.. Sur une auto... mais oui... là-bas...
Aux armes : l'ennemi !... — Non, non ! ne tirez pas !...
Le cocher de l'auto... mais, c'est une cochère !

Puis, plus loin :

UN CADET

Avec elle... Un homme ! Je le vois !

GNAFRON

Tirez pas, sapristi !.. Pas de blagues ; c'est moi !

LA VOIX DE GNAFRON

Tirez pas, sapristi !.. Pas de blagues ; c'est moi !

(Gnafron apparaît monté sur un âne emballé, sur lequel il tangue lamentablement. L'âne le cogne de droite et de gauche, bousculant les Cadets.)

Ho ! ganache !.. où vas-tu ?.. Finis donc !.. Ho ! ganache !
Tu sais, si tu veux pas t'arrêter,.. je t'attache !..
Mais arrêtez-le donc, vous autres !.. Eh ! là-bas !
— Doucement ! doucement !.. Non, non... il n'entend pas !
Il manque pourtant pas d'oreilles, la bourrique !
Doucement !..

(Nouvelle détonation)

Allons bon ! encore leur musique !..
Ils n'ont donc pas fini, voyons !.. C'est idiot !
Hé ! bouge pas !.. Bon ! J'ai perdu la guide !.. Hi ! ho !
(L'âne l'entraîne en dehors de la scène.)

II — *Ou bien :*

LE BRET

On a tiré !.. Sur un aéro... Oui... là-bas...
Aux armes : l'ennemi ! Non, non ! ne tirez pas !..
L'aviateur... Mais oui... C'est une aviatrice !

TOUS

Une femme !

CHRISTIAN

Grand Dieu !

ROXANE, *paraissant dans les airs*

Place ! Que j'atterrisse !..

CHRISTIAN

Ah ! Roxane !..

UN CADET

Avec elle... Un homme ! Je le vois!

GNAFRON

Tirez pas, sapristi !.. Pas de blagues ; c'est moi !

Si l'on adopte l'une de ces variantes, on supprimera le monologue de Gnafron sur son âne, puisque Gnafron est le compagnon de Roxane.

SCENE VII

LES CADETS, LE BRET, CHRISTIAN, GUIGNOL, ROXANE,
puis GNAFRON

GUIGNOL, *rentrant avec Christian et Roxane*

Ah ! pourquoi donc ainsi venir auprès d'Arrasse,
Roxane ?..

ROXANE

Je voulais revoir Christian !

CHRISTIAN

De grâce,
Ne restez pas ici, Roxane ; le combat
Va commencer bientôt...

ROXANE

Vous vous battez donc ? Ah !
Mais c'est parfait ! Je vais voir ça tout à mon aise,
Je veux rester !..

GNAFRON, *arrivant à pied*

Madam', prenez donc une chaise,
Pour vous asseoir par terre ; ici, c'en est tout plein !

ROXANE

Mais, dites-moi, vous avez tous l'air d'avoir faim...
Est-ce que.. ?

GNAFRON

Ça, c'est vrai, qu'ils ont mauvaise mine ;
Depuis un mois, madame, ils traînent la famine :
On me l'a dit partout...

ROXANE

Mais alors, mais, Gnafron,
Allez vite chercher...

GNAFRON

Sur mon aliboron... (1)

_____

(1) *Variante :*
C'est ça... dans le caisson !

ROXANE

Allez chercher de quoi leur payer des bombances,
Et remplacer pour eux toutes les Intendances !..

(Gnafron sort.)

CHRISTIAN

Quoi ! vous avez.. ?

ROXANE

      Mais oui ! J'ai là tout ce qu'il faut...
(Criant, à Gnafron.)
Déficelez tout ça, Gnafron, et servez chaud !

PREMIER CADET, avec délices

Pour la première fois l'on va faire ripaille !...

DEUXIÈME CADET, de même

Juste avant de mourir !... Juste avant la bataille !...

PREMIER CADET

Ah ! manger !.. puis mourir !...

DEUXIÈME CADET

      Comme on se battra mieux !

GNAFRON, au-dehors

Les gones : attendez !.. La ficelle a des nœuds !

ROXANE, à Christian

Ah ! tes lettres, Christian, comme elles étaient belles !
Si j'ai voulu partir, oui, c'est à cause d'elles,
J'ai voulu te revoir, tu les écris si bien !..

GUIGNOL, à part

Bon ! Je les ai trop bien écrites, nom d'un chien !
Et c'est ma faute encor...

GNAFRON, au-dehors

      Les gones !.. Je rapplique
Avec les provisions...

GUIGNOL, à Roxane

      C'est votre domestique,
Maintenant, Ragueneau..?

ROXANE

Oui, le pauvre garçon !..
Depuis son dernier krack, il est à la maison.

GNAFRON, *arrivant, les mains chargées*

Voilà du pain !..

TOUS LES CADETS, *se jetant sur lui*

Bravo !..

(*En un clin d'œil le pain disparaît. Gnafron
va et vient de la coulisse à la scène, apportant chaque fois des provisions nouvelles. Les Cadets les emportent de l'autre côté ou bien les
font disparaître sur place. Naturellement, toute cette scène est a gusto.
Guignol, Christian et Roxane s'écartent un peu, puis sortent un instant
par la droite.*)

GNAFRON, *revenant, toujours chargé*

Re-du pain ; et des frites !..

LES CADETS, *avec un cri de joie*

Des frites !...

GNAFRON

Oh là là ! ce qu'ils boulottent vite !..
(*Il apporte des boîtes de conserves.*)
Des sardines !.. Du thon !.. Des pâtés de foie gras !..
(*Il apporte toujours.*)
Ces Messieurs auront du poulet pour leur repas !

UN CADET

Mon ami, nous faisons des noces sans pareille !..

GNAFRON

Voilà du Beaujolais à six sous la bouteille !
Qui vient m'aider à vous porter le saucisson ?..
Tâchez de ne pas prendre aussi d'indigestion...

UN AUTRE CADET

Et La Miche, mon vieux, s'il voyait cette fête !..

GNAFRON

Tenez, voilà des œufs pour faire une omelette !
(*Regardant autour de lui.*)
Ces Messieurs sont servis !.. Que vous faut-il encor ?
(*Il sort et revient.*)
Ah ! voilà le meilleur fromage : du Mont-d'Or !

PREMIER CADET

Il en apporte encor !..

GNAFRON

Des gâteaux !.. (*Il sort et revient.*)

DEUXIÈME CADET

Et ça, qu'est-ce ?

GNAFRON

Pour finir, du vin blanc qui restait dans la caisse !

TOUS LES CADETS

Bravo ! vive Roxane et Ragueneau ! Hurrah !..
(*Peu à peu les victuailles disparaissent.*)

UN CADET, *revenant en scène*

Allons, j'ai pu manger à ma faim, nom d'un rat !

DEUXIÈME CADET

Et moi, pareillement !

GUIGNOL, *rentrant avec Christian et Roxane*

Et maintenant qu'il vienne,

L'ennemi !..
(*Une détonation.*)

Le voilà !..

VOIX, *dans la coulisse*

Feu !

(*Détonation.*)

GUIGNOL

A la tienne, Etienne !

CHRISTIAN

Ah ! Roxane, de grâce, éloignez-vous d'ici !

ROXANE

Mais...

CHRISTIAN, *la poussant*

Vite ! vite ! Là... Mettez-vous à l'abri !.

ROXANE

Adieu, Christian ! (*Elle disparaît.*)

CHRISTIAN

Adieu !..

SCENE VIII

GUIGNOL, CHRISTIAN, LE BRET, LES CADETS, LA MICHE

LA MICHE, *arrivant, hors d'haleine*

Les voici ! Du courage !
Vous allez supporter ici toute leur rage ;
Vous mourrez, s'il le faut, mais sans broncher de là :
Le salut en dépend ! Nous vaincrons, nom d'un rat !

GUIGNOL

Il a dit : nom d'un rat !.. Il est de la Croix-Rousse !..

PREMIER CADET

Dis donc, invitons-le !.. (*Les victuailles reparaissent.*)

LA MICHE

Des vivres !..

GNAFRON

Oui, ça pousse
Par ici... dans les prés... Veux-tu du saucisson ?

LA MICHE, *sans écouter*

Les voici !... En avant, les gones de Lyon !

TOUS

En avant !

(*Ils s'élancent, et sortent. Gnafron reste seul.*)

SCENE IX

GNAFRON seul, puis GUIGNOL, CHRISTIAN, puis ROXANE

GNAFRON

En avant ? Ça n'est pas mon affaire.
Qu'on m'assassine une autre fois, oui, je préfère...
(*Détonation.*)
Si j'allais par là-bas ?.. Ça doit chauffer moins fort.
(*Détonation. Cyrano rentre, soutenant Christian qui
tombe sur la bande.*)

GUIGNOL

Un blessé, Ragueneau !.. C'est Christian !
(*Il le regarde.*) Il est mort !
Ah ! je vais le venger ! (*Il sort.*)

GNAFRON

Hein, il est..? Non !..
(Il appelle.)
Ho, bée !
Et me voilà tout seul avec un macchabée !
Non, mais... ça n'est pas vrai ?
(Il appelle encore.)
Christô ? Dis donc ?.. mon vieux ?..
Ho, bée !.. Hein ?.. t'es blessé ?.. Où donc ?.. — Ça va pas mieux ?
— Non, si t'es mort, vaudrait peut-être mieux le dire...
Ben non !.. Il répond rien... — Dis, Christô ? C'est pour rire ?
— T'es toujours mort ?.. Tu te lèveras pas bientôt ?
Non, c'est pas une blague à faire... Ho, bé ! Christô !
Tiens... mets-toi donc debout...
(Il essaie de soulever le cadavre, qui retombe.)
Pas moyen ! Il s'agrogne !
Il remue ?.. (Il se penche.) Ah !..
(Il recule si rapidement qu'il
heurte un montant du théâtre.)
Allons ! voilà que je me cogne !
(D'une voix tremblante.)
Ho, bé, Christô ! Ho, bée ! ho, bée... — Ah ! sapristi,
Roxane !.. La voilà !.
(A Christian, avec insistance.)
Hé, Christô ! Sois gentil !
Faut pas qu'elle te voie... Allez donc ! hé ! ganache !
Tu veux pas te cacher ?.. Attends ! moi, je te cache !
(Il pousse le cadavre au coin de la bande.)
Attends !.. Là, mets-toi là... Ne dis plus rien alors !.
Bouge pas !
(Il s'assied dessus.)
Et tu sais, gare à toi si tu mords !

ROXANE, entrant

Ragueneau, vous n'avez pas vu Christian ?

GNAFRON, à part
Ah ! flute !
(Haut,)
Madame, je l'ai vu... il y a... deux minutes...
Mais maintenant, je le vois plus... non, plus du tout.

ROXANE

Pourvu qu'il ne reçoive aucun mal !... Mon cœur bout !

GNAFRON

Non... ça ne risque rien... Pas moyen qu'on le blesse,
A présent.

ROXANE

Ah ! tant mieux ! Mais alors, on le laisse
A l'abri ?..

GNAFRON, *embarrassé*

Oui... il est... à couvert !

ROXANE

Mais où ça ?

GNAFRON

Derrière un... derrière un... derrière... On l'y poussa !

ROXANE

Est-il sur le talus ?

GNAFRON

Non.

ROXANE

Plus bas ?

GNAFRON

Davantage.

ROXANE

Alors, où donc est-il ?

GNAFRON

Il est... à l'autre étage !
A l'étage au-dessous de moi...

ROXANE

C'est un peu fort !

GNAFRON

Ben, tenez, il est là ! (*Il se détourne et laisse voir Christian.*)

ROXANE

Ciel ! Christian ! Il est mort !

(*Elle se jette en pleurant sur le cadavre. A ce moment, la fusillade redouble.*)

SCENE X

LES MÊMES. LES CADETS, GUIGNOL, LA MICHE

(*Rentrée en désordre. Détonations. Bruit.*)

GUIGNOL

Hardi ! les Croix-Roussiens ! Revenons à la charge !..
En avant ! en avant ! Ils n'en mènent pas large..
Pour l'honneur du Drapeau... et pour venger Christian,
Pour la France et Lyon !..

TOUS

Pour la France, en avant !
(*Ils s'élancent de nouveau, au milieu de la fusillade.*)

RIDEAU

ACTE CINQUIÈME

Les Invalides de Margnoles

Le théâtre représente le jardin d'une maison de retraite pour vieilles demoiselles. A droite, on aperçoit la maison. Au fond et à gauche, se perdent les allées du jardin. Le jour baisse. Les feuilles tombent.

SCÈNE PREMIÈRE

DEUX VIEILLES FILLES

(Elles se rencontrent dans le jardin)

L'UNE DES DEUX

Bonjour, mademoiselle !

L'AUTRE

Ah ! tiens ! mademoiselle,
Bonjour !

LA PREMIÈRE

Dites-moi donc, vous êtes ben si belle
Aujourd'hui ; vous avez un châle surprenant !..

LA SECONDE

Ah ! vous trouvez ? C'est vrai qu'il n'est pas mal...

LA PREMIÈRE

                                        Vraiment,
J'en voudrais un pareil pour moi ; c'est ma marotte !

LA SECONDE, *à part*

Sa marotte !.. Elle a bien raison : elle radote !

LA PREMIÈRE, *à part*

Elle est mise comme une folle, c'est certain !

LA SECONDE, *avec des manières*

Je vais me faire faire une robe en satin.

LA PREMIÈRE

Une robe en satin?.. Ben, vous êtes coquette !
(*A part.*) Elle veut m'épater ! — (*Haut.*) Moi, c'est en satinette,
La mienne !

LA SECONDE

Peuh ! en satinette !.. ce n'est rien.

LA PREMIÈRE

Lorsque c'est bien porté, pardon, cela vaut bien
Tous les satins du monde, allez, mademoiselle !

LA SECONDE, *avec une nuance de raillerie*

Lorsque c'est bien porté : c'est cela.

LA PREMIÈRE, *à part*

Que dit-elle ?
(*Haut.*) Est-ce que par hasard vous croyez...

LA SECONDE

Oh ! que non !

LA PREMIÈRE

Comment ? Que dites-vous ?... Vous avez dit : guenon ?

LA SECONDE

Pas du tout ! J'ai dit : oh ! que non !

LA PREMIÈRE

Guenon vous-même !

LA SECONDE

Après vous !

LA PREMIÈRE

Taisez-vous !

LA SECONDE

Va donc ! avec ta crème,
Tes faux cheveux, tes fausses dents, tes faux.....

LA PREMIÈRE

Attends !
Tes cheveux, nous verrons s'il vont tenir longtemps !...
(*Elle fait le geste de s'attaquer au chignon.*)

LA SECONDE

Ah! vous n'oseriez pas, sinon...

LA PREMIÈRE

Elle menace !

LA SECONDE

Pimbèche !

LA PREMIÈRE

Vieux tableau !...

LA SECONDE

Et toi, veux-tu ma glace ?

LA PREMIÈRE

Attends ! tiens !...

(*Elles en viennent aux mains.*)

LA SECONDE

Au secours !.. Au meurtre !.. A l'assassin !..

LA PREMIÈRE

Elle me mord ! Je meurs !.. J'étouffe !.. Un médecin !..

SCENE II

LES MÊMES, LA DUÈGNE

LA DUÈGNE, *accourant au bruit*

Qu'est-ce donc ?.. Qu'y a-t-il ?.. Encore une bataille !..
Vous n'avez pas fini ?.. Toujours on se chamaille !..
Je n'aurai donc jamais la paix dans la maison !

LA PREMIÈRE

Ecoutez-moi...

LA SECONDE

Madame...

LA PREMIÈRE

Elle a tort !

LA SECONDE

J'ai raison !

LA DUÈGNE

Avez-vous donc fini de faire du tapage ?
Du calme !.. Je vous en conjure, soyez sages !
C'est Dimanche aujourd'hui !.. C'est ici, songez donc,
Que Madame Roxane attend toujours...

LA SECONDE

                      Pardon,
Je ne la connais pas ; quelle est donc cette dame ?

LA PREMIÈRE, *bougonnant*

Elle ne connaît donc personne, cette femme !..

LA DUÈGNE

Elle est veuve... Elle avait un mari si charmant,
Plein d'esprit, de courage... Il s'appelait Christian.
Et voilà plusieurs mois qu'il est mort à la guerre...
Pauvre Roxane, hélas ! elle ne pense guère
Plus qu'à son cher Christian depuis ce triste jour...
Moi, j'étais sa Duègne à cette époque, et pour
Offrir à sa douleur une retraite douce,
J'ai fondé cette boîte au fond de la Croix-Rousse,
Dont le titre bientôt fut partout approuvé :
« Les Invalides de Magnoles. » C'est trouvé !
    (*Avec un geste aimable.*)

— En voici deux, de mes plus belles Invalides !
— Et les mois ont passé, consolants et rapides...
Guignol, dit Cyrano, chaque dimanche soir,
Pour distraire Roxane un peu, s'en vient la voir,
Il lui raconte alors un peu ce qui se passe...
Tiens !.. voici Ragueneau !.. (*Elle les pousse.*) Sortez... là...
                    [Mais, de grâce,
Ne recommencez pas à vous battre, ou sinon...

LA PREMIÈRE

Oui... si l'on vous traitait, vous aussi, de guenon !..
                  (*Elles sortent.*)

SCENE III

LA DUÈGNE, GNAFRON

GNAFRON, *il est en jardinier*

Ah ! madame... Ecoutez... un asquident !.. Un crime !...
Cyroné !.. Notre grand, magnifique, sublime
Cyroné !.. Là-dedans... Il est là...

LA DUÈGNE

Parlez donc !

GNAFRON

Ah ! je peux pas parler, j'ai rien dans le bidon,
Je m'expliquerai mal si je bois pas un litre...
(*Il fait un effort désespéré.*)
Voilà. J'étais assis... là, derrière la vitre
De ma loge... tranquillement... quand, tout-à-coup,
Je vois entrer Guignol, Madame, avec un trou,
Un trou... oui, un grand trou, Madame, dans la tête...
Ah ! là... De voir couler son sang, non... c'était bête,
Je me mets à pleurer... Madame... comme un veau !
« Tais-toi, tais-toi, dit-il, et donne-moi de l'eau,
Tes draps de lit, pour me bander cette blessure...

LA DUÈGNE

Mais alors, il était blessé ? La chose est sûre ?..

GNAFRON

Oui, madame... En passant, là, sur le boulevard,
Comme il se dépêchait pour pas être en retard,
Voilà que du cintième un grand gognand lui jette
... Oui, madame... un grand pot-de-machin sur la tête...
Ah ! ça sentait pas bon... Nom d'un rat, nom d'un rat !.
Ah ! si je le tenais, cet affreux scélérat !
Venez vite... Venez...

LA DUÈGNE

J'y vais ;.. voici Roxane,
Pas un mot !

GNAFRON, *s'en allant*

C'est fini, quoi... Tout se détrancane !

SCENE IV
LA DUÈGNE, ROXANE

LA DUÈGNE, *allant au devant de Roxane*
Ah ! vous voici, toujours fidèle au rendez-vous !

ROXANE
Il le faut bien !.. Allons, ce soir, l'automne est doux,
Et nous allons causer longtemps de bien des choses !

LA DUÈGNE
Tâchez de n'avoir pas des pensers trop moroses...

ROXANE
Non... Avec Cyrano, l'on n'est triste jamais.

LA DUÈGNE
Et si pourtant... Voyons, Roxane... Je ne sais...
Mais enfin, s'il ne venait pas, pour ce Dimanche ?

ROXANE
Non... Il faudrait qu'il soit fermé dans quatre planches,
Lui que rien ne retient, ou que j'y sois aussi,
Pour qu'il puisse manquer une fois d'être ici.
 (*On entend sonner cinq heures.*)
Cinq heures !... Tiens, personne encor ?... Lui, si rapide...
Je vais m'inquiéter !

GUIGNOL, *apparaissant*
 Bonsoir, belle invalide !
(*Il descend vers elle. Il porte un chapeau qui lui couvre le front.
La Duègne s'éclipse.*)

SCENE V
GUIGNOL, ROXANE

ROXANE
Vous êtes en retard...
GUIGNOL
 Ben oui, c'est surprenant !
Mais, sur le boulevard, tout à l'heure, en venant,
On a voulu m'offrir un joli trois-cinquante,
D'un modèle nouveau, d'une forme élégante,
J'ai dit : « Non, celui-là ne m'irait pas du tout,
Et ce n'est vraiment pas un chapeau de bon goût.

ROXANE, *riant*

Ah ! ah ! toujours coquet !

GUIGNOL

Toujours... Tenez, c'est drôle,
Je ne sais pas pourquoi votre rue de Margnole
Me semble plus morose aujourd'hui que jamais...
C'est l'automne, le soir, et vous prenez le frais
Sous les arbres jaunis entrelaçant leurs branches ;
Et moi, je viens vous voir comme tous les Dimanches,
Et je viens comme ça, vrai, depuis si longtemps
Que j'ai l'air quelquefois d'avoir quatre-vingts ans.

ROXANE

Allons, soyez plus gai : dites-moi des histoires.

GUIGNOL, *songeur*

C'est vrai... Tous les cancans, tous les « pouvez-vous croire »,
Tous les « figurez-vous », et les « qu'en dira-t-on »,
Je les apporte ici pour vous, de tout Lyon...
Je suis votre journal quotidien dromadaire...
Donnez-moi vite un sou, sans quoi je vais me taire !

ROXANE, *riant*

Ah ! ah !...

GUIGNOL

Bon, les voici, les potins du quartier :
Primo, le vieux Chibroc, de dimanche dernier
A dimanche aujourd'hui, n'a pris que douze cuites !
A la pêche, lundi, Le Bret a pris deux truites
Et six baleines...

ROXANE

Ho !..

GUIGNOL

... d'un superbe pépin ;
Mardi, mon proprio...

ROXANE

Encor !...

GUIGNOL

... m'a fait potin,
Parce que je lui dois encore un autre terme ;
Alors j'ai répondu très poliment : « la ferme !
C'est le terme vraiment qui te convient le mieux »,
Mercredi, j'ai reçu les pompiers d'Vénissieux.

... Bon. — Jeudi, la Marie épouse un grand panosse :
Ils ont fait à Mornant leur voyage de noce.
Vendredi... (*Il tombe sur la bande.*)

ROXANE, *effrayée*

Qu'avez-vous?... je cours...

GUIGNOL, *se relevant*

Non... pas besoin !..

... On a cambriolé chez le friteur du coin ;
Samedi, la Frosine est morte de la rage :
Pas trop tôt !.. Elle en a mordu !... Tournez la page.
Voici la politique, avec les faits divers :
Monsieur Edmond Rostand a composé trois vers.
Les soldats feront donc leurs trois ans de service ;
Deux députés ont proposé qu'on démolisse
Vingt casernes, six forts, et qu'on brûle trois camps,
Pour pouvoir battre mieux les Prussiens. — Aux Balkans,
A l'inverse de la chanson, ils étaient quatre
Qui voulaient bien s'entendre et cesser de se battre :
Mais y en avait trois qui ne le voulaient pas ;
Alors, le quatrième en rigole tout bas.
Le tramway de Caluire et celui de Fontaines
Ont écrasé six chiens, et des chats par douzaines ;
Pour les réparations sur le quai Saint-Vincent,
Hier, on a porté deux kilos de ciment.
Il paraît qu'on démolira vers l'an 2000
L'échafaudage en bois de notre Hôtel-de-Ville.
On va porter à la future exposition
D'hygiène, la maison en bois du Gourguillon.
On parle d'agrandir la gare de Perrache ;
Et deux agents ont pris, par mégarde, un apache.
Voilà. (1)

ROXANE

Vrai, mon journal est fort intéressant.
Si nous causions un peu, tous les deux, maintenant.

GUIGNOL

Causons...

ROXANE

J'ai justement quelque chose à vous dire :
C'est une lettre, là, que je voudrais vous lire...

_____

(1) Toute cette tirade est naturellement aussi variable que les baromètres et la politique.

GUIGNOL

Une lettre... de qui ?

ROXANE

De La Miche.

GUIGNOL

Ha ! ha !
Qu'est-ce qu'il devient donc, sapristi, celui-là ?

ROXANE

Mais, vous ne savez pas ?... Il est aux Invalides !

GUIGNOL, *sursautant*

Ici ?

ROXANE

Non... chez les vrais... avec les Intrépides !
Il eut le nez coupé par un boulet...

GUIGNOL

Vraiment ?
(Songeur.)
Ben, moi, c'est de naissance ; et lui, c'est d'accident !
(Un temps.)
Permettez-moi... pardon... Ce n'est pas cette lettre,
Que je serais heureux, Roxane, de connaître...
De relire... C'est l'autre....

ROXANE

Ah ! l'autre ! De Christian !..
Celle que je trouvai sur son cœur expirant...
Vous ne vouliez jamais...

GUIGNOL

J'avais pas mes lunettes !...
(Un coup de vent fait tomber les feuilles.)
Bon ! Les pommes de pin me tombent sur la tête...
Voyez-les : on dirait de la mitraille encor !
Et les feuilles aussi, jaunes comme de l'or ;
Elles semblent chercher une place par terre
Pour pas aller tomber sur le dos des premières,
Et que celles d'après ne les écrasent pas !...

ROXANE

Voici la lettre !

GUIGNOL

Bien... Je la lirai tout bas !..
(Il lit d'abord en silence. Peu à peu il élève la voix :)
... Ah ! s'il me faut mourir en perdant l'existence,

Je ne veux plus jamais que t'ailles à la danse ;
Tu reviendras ici, Roxane, pour chercher
Mon pauvre macchabée et le faire enterrer.
Tu me feras creuser une tombe à Loyasse,
Où je te garderai, jusqu'à plus tard, ta place,
Où tu cultiveras encor des cornichons,
En souvenir de moi, ainsi que des melons.
Après, tu te mettras en deuil pour six semaines,
Et sur tous tes couverts, toutes tes porcelaines,
Et même jusqu'au fond de ton pot-de-machin
Tu feras dessiner mon portrait et le tien...
                              (Il laisse glisser la feuille.)
Allons, l'heure est venue ; il faut que je m'arrête ;
Ah ! mon cœur est ému comme une poire blette !..
Je finis en cessant, je ferme en la fermant
Cette lettre, ou plutôt, hélas ! ce testament !...
Adieu, Roxane, adieu !... J'espère... j'ose croire
Que nous nous reverrons, un jour... au Purgatoire !...
                              (Il recommence.)
Roxane, mon amour, c'est sans verser un pleur...

ROXANE

Mais vous ne lisez plus... Vous la savez par cœur !

GUIGNOL, *à mi-voix*

C'est vrai !...

ROXANE

Mais... mais alors... Oh ! j'ai peur de comprendre !..
Cette lettre... comment auriez-vous pu l'apprendre ?
Vous la savez par cœur !... Mais alors, c'était vous
Qui d'Arrasse les écriviez ?...

GUIGNOL, *baissant la tête*

C'était moi.

ROXANE

                              Tous
Ces billets, dont jamais, jamais, je n'étais lasse ?...

GUIGNOL

C'était moi !

ROXANE

Et là-bas, à minuit, sur la place,
Tous ces mots qui m'avaient mis le cœur en émoi...
Le poteau, le bidet, la vache...

GUIGNOL

C'était moi !

ROXANE

Mais vous m'aviez caché ce secret de votre âme ;
Pourquoi donc, oh ! pourquoi ?...

SCENE VI

LES MÊMES, GNAFRON, puis LA DUÈGNE

GNAFRON

Ah ! madame !.. madame...
C'est affreux !..

ROXANE

Qu'avez-vous ? Qu'y a-t-il, Ragueneau ?

GNAFRON

Mais vous voyez donc pas qu'il est mort, Cyrano ?

ROXANE, *souriant*

Pas du tout !

GNAFRON

Justement, vous avez la berlue ;
Il est mort, je vous dis, au milieu de la rue !

ROXANE

Lui, mort !.. Vous êtes fou !

GUIGNOL, *à Gnafron*

Tais-toi donc, animal !
(A Roxane.)
C'est vrai ; je n'avais pas terminé mon journal :
Et Dimanche, Guignol, en sortant de sa turne,
Est mort assassiné par un vase nocturne !
*(Il se découvre. On voit sa tête entourée de linges. Il tombe sur
la bande.)*

ROXANE

Ah ! mon Dieu !...

GNAFRON

Nom d'un rat... Ce pauvre Cyrano !..

ROXANE

Mais il faut le soigner... Aidez-moi, Ragueneau,
Apportez de l'éther et du thé...

GNAFRON

Mais, madame,
Nous n'avons ni éther, ni thé !..

ROXANE

Mais il rend l'âme !
Pourquoi donc n'a-t-il pas voulu parler plus tôt ?
J'aurais dû lui donner ma main...
*(Gnafron se penche sur le cadavre, qui, dans un brusque sursaut,
lui envoie un soufflet.)*

GNAFRON

Je crois plutôt
Que c'est quelqu'un qui vient de me donner la sienne !

ROXANE

Que faire maintenant, voyons, pour qu'il revienne ?..

LA DUÈGNE

Je ne sais pas... Je ne sais pas...

ROXANE, *désespérée*

Il est trop tard !
Je l'aurais épousé malgré son nez camard !
Rien qu'avec son esprit, il avait su me plaire !

GUIGNOL, *se relevant*

Ben, mon Dieu, vous savez, ça peut encor se faire !

LA DUÈGNE, *effrayée*

Il n'est pas mort !

GNAFRON

Il est pas mort !.. c'est dégoûtant...
De nous ficher la frousse... en se ressuscitant !.

GUIGNOL

O Roxane, faut-il que je vous recommence
Mes discours de jadis ?..

ROXANE

Non ! j'en ai souvenance !
Je les sais tous par cœur, depuis longtemps déjà...
Mais soignez-vous, Guignol !

GUIGNOL

Bon ! bon !... ça guérira !
Ma blessure n'est pas, ne peut être mortelle ;
Pas besoin, ni d'éther, ni de drogue nouvelle,
Guignol ne peut mourir ; il ne mourra jamais !
Et tant qu'il restera, chez nous, des Lyonnais
Aimant le vieux quartier de la chère Croix-Rousse,
Guignol vivra toujours, n'ayant jamais la frousse,
Brave, spirituel, et ridicule aussi,
Le cœur toujours vaillant et jamais endurci !
Allez, ne craignez pas pour moi cette blessure ;
Elle en a déjà vu tant d'autres, ma figure !
— Roxane, acceptez-vous mon cœur avec ma main ?

ROXANE

Je l'accepte !

GUIGNOL

Et à quand la noce ?

ROXANE

Pour demain !

GUIGNOL

Où donc la ferons-nous ?

ROXANE

A Saint-Bonaventure !

GUIGNOL

Cette fois nous aurons le cocher, la voiture...

ROXANE

Assurément !

GNAFRON

Et moi, je n'en serai donc pas ?..

GUIGNOL

Bien sûr que si, mon vieux !

LA DUÈGNE

Vous m'offrirez le bras...
Vous vous rappelez bien, Gnafron, qu'à cette époque
Vous vouliez m'épouser ?..

GNAFRON, *au public*

Ben ! elle est pas loufoque !..
Vous ne l'entendez pas, cette vieille guenon ?..

GUIGNOL

Allons ! Les becs de gaz illuminent Lyon ;
Voici le soir déjà qui tombe sur la terre !
Allons ! et si jamais je reste solitaire,
Quand j'aurai tout perdu : Roxane et Ragueneau,
Ce que je garderai, moi, Guignol-Cyrano,
Ce sera ma gaîté, ma joyeuse cervelle,
Mon esprit, et surtout ma...

ROXANE

Ta ?..

GNAFRON

Sa ?..

GUIGNOL.

Ma tavelle !

RIDEAU

DES MÊMES AUTEURS

CHANTE CLAIR, GUIGNOL !

En quatre Actes, avec un prologue, en vers

Prix . . . . . . 3 francs

De J. des VERRIÈRES

LE COLIS DE M. DOMINIQUE

Vaudeville en un Acte — Et. GLOPPE, Editeur

Prix . . . . . . 1 franc

MÊME POUR TOUT L'OR DU MONDE

Pièce en deux Actes

Prix . . . . 1 franc

PRÊCHERINE

Comédie en trois Actes (Pour jeunes filles)

Prix . . . . 1 franc

ALORS, ILS LE RECONNURENT

Roman, *Paris, Bonne Presse*

Prix . . . . 1 franc

IMPRIMERIE
F. LAMARCHE & Cⁱᵉ
SAINT-ÉTIENNE

www.ingramcontent.com/pod-product-compliance
Lightning Source LLC
Chambersburg PA
CBHW060444260626
47161CB00005B/2057